成為人以外的

臺灣文學中的動物群像

黃宗潔 主編
國立臺灣文學館 策劃

推薦序

當我們被凝視

柯裕棻

《成為人以外的》這本專書有系統地整理了臺灣文學、藝術和社會議題裡的動物群像，書中收錄的文章讓我們看見社會與動物對應而生的文化型態。這本書指向一個開放的、跨物種對話的未來。這樣的態度是一種生命的「再啟蒙」——並不是與自然分離的那種啟蒙，而是重新看見自然，試圖轉向自然，明白自然和生物不是文化與文明的對立面，更不是工具。書中點明現代生活幽暗角落的生命議題，使我們理解生命的困境從來不僅限於人類。作家們也直言了現代文明難以啟齒的真相：動物的絕境是人類中心主義的後果。這本書的進步在於它向內自省，清理並展開語言以外的、人以外的可能性。

我想起了如鯁在喉的一件往事。

多年前我從烏石港搭船到外海看鯨豚，那時這種觀光行程才剛發展，船家和遊客都不多。做法也很簡樸，船慢慢開到海中央，熄火靜待。還沒駛到定點全部的人都已經暈船，大家靠著船舷乾嘔。過了非常久，有人開始不耐，一大群海豚就銀光閃閃地來了。他們璀璨飛馳像流星炸裂，大家震撼得不自覺歡呼起來。

船尾隨他們一陣子，魚群就游遠了。這時一隻海豚從正下方的水底浮上來。他在看我們，每個人都覺得他在看我們，他迴游幾次都沒走。有人說：「他怎麼這麼親人，被抓到怎麼辦，海豚是可以吃的吧？」眾人尷尬。另一個人對著海豚說：「快走快走！不要再靠近人類，離我們遠一點。」這一船的人好像忽然體悟了一隻海豚的前景有多少危厄，沒有人再開口讚嘆，只是靜靜拍照。

這個沉默的瞬間彷彿是人的懺悔。忽然有這一刻的覺察是因為海豚用清澈的目光凝視我們，我們感知並回應了他的凝視，那一刻彼此是平等的生靈。但我們歡樂俯瞰，以他為娛，而且知道未來某處的人類可能殺死他。我們也因此感知自己是人類整體的一部分，從而恐懼並承擔一部分人類的共業。我們的情感從自身位移到海豚，又從海豚折返至整體人類物種，這種未曾經驗的流動與溝通引發當下五味雜陳的情緒，快樂、心痛和羞愧。

然後，有人說：「掃興，我們可是出來玩的。」

他也許認為必須為這無以名狀的、共喜共哀的魔幻時刻除魅。這句話拒斥原本的共感，將我們打回人的狀態，而且太過於人了——陷在實用價值和異化中無所作為，沒有任何拓展或創新的可能。確實我們一時的哀感與同情不能挽救動物在人類中心主義裡經常遭逢的淒慘命運：成為食物、工具或玩具。

我很想嗆他，但也說不出什麼。我發現自己並不因為多了一些哀戚之情就高尚多少。

就在同一時期，我還參加一支野外生活營隊。那其實是給都市人消磨周末的課程，學一些簡單的搭帳棚、生火和植物小常識，結訓認證是在野外露營並逐項完成各種要求。小組成員互相幫忙撐過測驗，下午休息時大家各自散坐樹蔭下練習結繩，一位學員忽然壓低聲音，要我們看向她後方。

有一隻鹿在遠遠的樹叢裡。日光影影綽綽灑過林葉，不仔細還真看不出來。帶隊的教練輕聲說：「慢慢的，把你的動作變小，變小，人也變小。」這些話像咒語似的，使我們又喜悅，又安靜微小，那隻鹿大概看了我們十幾秒，不知被遠方的什麼驚動，忽地跑了。在那十幾秒的靜默裡，整座森林的聲響湧現，風和草葉、蟲鳥振翅，還有我們的呼吸。我們變小了之後天地就清清楚楚。

我因為離得很遠，只隱約看見鹿的輪廓。最靠近鹿的那位學員整天都處於狂喜狀態，彷彿她發現的不是一隻鹿而是一個天使。有人笑說：「如果是一頭熊你怎麼辦呢？」發現鹿的學員賭氣說：「那我也許會真正明白鹿的感覺。」教練笑說：「喔不！如果是熊就麻煩了，熊鈴還是要記得帶。」

這時我們已經明白體驗自然並不容易。不論樹叢裡的凝視來自鹿或是熊，真的將自己的行蹤變小的方法唯有撤退。

當然我們不會成為海豚或鹿，正如同我們不會是駱駝或獅子，也不可能明瞭一隻蝙蝠的主觀認知與經驗。即使是模仿日常熟悉的貓狗，恐怕都極為困難。但這並非意味著生而為人只能或只會在名為文明的高牆之內安享特權。文學和藝術是這樣強大的置換術，展現許多靈魂相通，形體變換，相互理解的方式。例如書中第七章的藝術家羅晟文試著戴聲波轉換器，調到貓耳可聞的頻域，像貓一樣聽這個世界。結果他發現日常生活中人類製造的噪音非常嘈雜，難以忍受，像貓一樣活在人的世界裡並不容易。又如第五章中龔卓軍提到，達悟族作家夏曼・藍波安和一尾巨大的浪人鰺，彷彿靈魂的摯友一般，有一段極美的夜海相遇。或是第四章蕭義玲分析的作家廖鴻基，經由一頭每年自太平洋游經臺灣東部黑潮的抹香鯨「花小香」之眼，重新看見太平洋。又或者，第四章另一篇的范宜如寫出了許多作家和流浪動物的日常共生與思考。

「當你凝視深淵，深淵也在凝視你」這句經常被引述的話出自尼采的《善惡的彼岸》第一四六則。原文更長些：「與怪物戰鬥的人，應當小心自己不要成為怪物。當你凝視深淵，深淵也在凝視你。」怪物與深淵是兩個寓意深沉的詞彙，它們意指不可知、難解而且無法言明的事物與感覺，是自我的對立面，或是自我的內在慾望和恐懼。這是「人」主體的發言，成為怪物意味著成為非人的客體，被深淵凝視則是被不可知的事物牽制。對於不斷追尋完整假象的「人」而言，這些當然是可怖的。但如果文學能使我們稍稍謙卑自省，臣服退讓、看見萬物有靈，理解人的蒙昧，我們就能認知其實怪物就是此生與各種生命型態交會並且曲折構成的、不完整的自己，也許我們也會明白，那難解不可測的、深淵的目光無意吞噬誰。

目次 *Contents*

第二部——多元世界觀

第五章 萬獸有靈：原民與動物

第六章 後人類時代：人類世下的動物

導論

為了人以外的

黃宗潔

我就讀的那間，位於臺北城西、歷史悠久的國小，曾經有一座動物園。小小的動物園在校園一角，不遠處有我最愛的一棵銀杏樹。下課的時候，我總愛往那兒跑，撿拾樹上掉下來的葉子，然後站在鐵絲網旁看動物。那個年代不像現在，除非特定日子，否則不會在學校拍照，因此我手邊竟沒有留下半張證明那個動物園曾經存在的照片。至於它「存活」了幾年、究竟養過多少動物、牠們的壽命又維持了多久，都不是那個年紀的我會明白，以及深思過的問題。

但我始終記得，那座動物園裡曾有過一隻梅花鹿。小小的空間，牠就站在那裡。印象中旁邊有孔雀、兔子、似乎還有猴子，所有動物混養在一起。動物園的許多細節，都和小學生活一起隨著時間模糊了，但那隻梅花鹿一直停格在我記憶裡，以那側身站著的姿態。

直到後來，我一步步踏入動物保護的場域，又一步步將研究的觸角延伸至將動物關懷與文學論述結合。某天，我在鄭麗榕老師《文明與野獸》一書中看見了這段敘述：

> 一九七〇年代，動物園已開始加強與小學的合作，包括將園內繁殖過多的小動物，如珠雞或標本，以教學用途的名義贈與國民小學，協助其設立小型動物園，號稱目的在於「為自然科學教育扎根」……事實上，所謂「過剩動物」的處理，正是反映動物園對生命態度的顯例。

突然間，我彷彿又看見了記憶中那隻梅花鹿。牠應該不是來自動物園的過剩動物，但毫無疑問來自一個民間可以透過管道買賣梅花鹿進行飼養的時代，而這樣的行為被視為自然科學教育的一部分。更重要的是，這讓我清楚地意識到，我們每一個人，其實都參與了漫長的人與動物互動史——不僅是個人層次的，更包括我們知或不知的社會集體氛圍下，看待與對待動物的方式。

身為一個「七〇後」，我成長的那個年代，是一個公立小學裡面會出現小型動物園的年代，而它們的存在，則與當時的主流價值息息相關。它可以單純被視為成長記憶的一部分，再理所當然地被遺忘，但無數動物的命運，可能就在這樣集體的理所當然中被牽動、被改變、繼而被犧牲，很多人甚至不知道牠們曾經存在過；又或者，不知道牠們的存在背後，發生過什麼。而文學無疑能成為那個幫助我們知道並記住「發生過什麼」的重要管道。它將個體記憶撿拾拼湊，重組集體記憶。人的遭遇如是，那些被忽略、被排除的「人以外的」遭遇，更如是。

長期以來，動物在人類「大寫的歷史」中，往往不是被異化，就是被邊緣化，牠們是珍奇猛獸、是工具幫手、是貼心寵物、是食物獵物，唯獨不是牠們自己。如同黃宗慧在本書第六章〈以圖文書為鏡〉文中形容的，「當我們想探問真實動物的身影何在時，卻可能發現牠們並非無所不在。有時牠們就僅僅是，不在」。因為不在，所以騷夏在《上不了的諾亞方舟》中，曾描述一段童年時在高雄目睹公開殺虎的回憶，但是「沒人相信我看過殺老虎」；因為不在，所以當二〇二一年吳明益《天橋上的魔術師》改編為電視劇時，片頭中一張由蔡明德拍攝的殺虎照引發許多觀眾驚駭的反應，甚至難以置信地表示：「那是真的老虎嗎？還是某遊行的抗議道具？」[1]

但是，騷夏的文字同樣讓我們看到，當個人經驗與集體記憶（或者應該說，集體失憶）碰撞，動物的「不在」，就有可能成為「此曾在」。這些散落的記憶碎片，將動物這個很容易被大寫的歷史所略過的對象，透過文學的視域加以補足。作家的經驗與反思，可以是動物的往生咒、安魂曲，或者（借用李喬的作品名）修羅祭。另方面，動物在人類生活中所扮演的種種複雜角色，確實也讓人與動物關係成為理解社會文化脈絡時，不可或缺的一環。若將動物抽離，或僅僅推至背景中，許多生活方式與價值觀的脈絡，亦將斷裂難明。

正因如此，當我得知臺灣文學館規畫籌備「臺灣動物文學特展」時，深感這個展覽具有相當重要的意義，它將成為許多民眾首度有系統與脈絡地認識臺灣文學中動物群像的契機。有幸負起參與這個企劃與專書的重任，基於展場立體空間與紙本平面書籍各自的特性與不同優勢，我希望展覽與專書，能彼此成為相互加乘、補充與互文的樣態，它們相關但在脈絡上不完全相同：

展場的動線主要依時序進行，分為「古典田園交響曲」、「變調的工業邏輯」、「獵奇消費修羅場」、「多元價值眾生相」四區，期能透過時間軸的呈現，帶給觀者人與動物關係變化之基本認知；除此之外，「書寫靈光的眼睛」與「動物園裡的凝視」各自獨立成區，藉此展現動物與人的關係難以斷然分期切割，在變化中又有某些不變的人性心理之特質。

至於專書的部分，第一部「時光變奏曲」，主要呼應前述「古典田園」、「工業邏輯」、「獵奇消費」、「多元價值」四個展區，第二部「多元世界觀」則加入了不同文類中動物形象之呈現，也就是奇幻、科幻與繪本三個單元，這是展覽中未刻意以主題方式呈現，但在專書中帶讀者更聚焦進行思考的幾個議題。透過這個方式，第二部某程度上也展現出另一種時間軸的思維，它不是以臺灣文學作品的年代跨度來思考，而是隱微暗示著漫長的人類歷史從前現代一路走來，人與自然、人與動物關係如何從過往萬物有靈的信仰，演變至現代性的科學理性視角、直至後人類時代的種種反思。此外，在「臺灣動物文學」這個核心概念之外，專書也收錄了七個「他山之石」小專欄，期能交錯出日本、中國、馬華、香港等地文學裡的動物形象，如何反映出人與動物關係的普遍性與地域性；以及神話、藝術、動物溝通等不同視角下的動物。

透過多位作家學者的共同努力，這部作品有了兼顧時間縱軸與橫向跨度的立體感，從而體現了每個不同時代、地區，都有著多元的人與動物互動模式，即使在主流之中，也永遠有著異聲與異議。在正式進入專書之前，容我先為各位讀者進行這場

「紙上導覽」。

首先，第一章「動物作為工具：田園時光，戰爭變奏」將時間軸拉回清領與日治時期。清領時期的動物記載除了方志遊記，亦多見於文人詩賦之中。例如朱仕玠〈瀛涯漁唱〉一百三十首、周凱〈詠物二十四首〉，就以竹枝詞般的形式，記錄當時對動物的認知和想像，余美玲生動形容，可將其視為一種另類的「海底總動員」。另方面，從野禽到園林，亦可看出禽鳥逐漸成為人類豢養與折射情感對象之痕跡。

楊翠分析了日治時期臺灣文學中的動物意象如何投射出臺灣人民被殖民的處境，對動物主體如何被人類剝奪的思考亦已然浮現，例如楊逵除了代表作〈鵝媽媽出嫁〉外，〈水牛〉同樣呈現了動物既是家人，也是受迫害的主體。至於彰化古典漢詩人賴紹堯〈試驗犬〉一詩，記錄目睹犬隻被活體解剖的過程，更可說是臺灣最早關注實驗動物處境的代表作，也帶出動物在人類宰制下，人貴畜賤，僅為工具的悲哀。

第二章「動物作為商品：工業超車，動物異化」，關注眼光則是以牛、豬為代表的經濟動物處境。工業化時代的來臨，讓傳統牛車被鐵牛取代，而馬翊航以深情之眼回顧與探問的重點，更在於牛車消失後，「我們如何凝視牛」。文中述及陳栢青〈此致金牛座〉中的身體與自我形象，亦可帶來另種層次的省思，在臺灣的耕牛與西方的金牛之間，我們「此消彼長」的認識，是否也反映出某種人與動物關係的隱喻？

李欣倫在討論經濟動物被工業邏輯商品化的處境時，同樣以西方理論及行動為對話對象，自辛格（Peter Singer）《動物解放》以來，對經濟動物處境的關注同樣也影響了臺灣的作家，李欣倫的散文《此身》即為代表，她在文中討論張馨潔〈不去動物園〉所述及屠宰場影片造成的衝擊，亦可見動物倫理觀念在當代的逐漸萌芽。

第三章「動物作為符號：經濟奇蹟，消費奇觀」，首先將視野放在臺灣經濟起飛後的種種消費現象，動物成為炫富的方式之一，石虎、蛇膽、虎鞭、犀牛角……都在食補與藥用的邏輯下成為消費的對象，但這背後所涉及的龐大野生動物盜獵、動物走私等亂象，卻不在一般民眾的視野之內。本章所述，正回應了文學如何幫助讀者記憶／記錄歷史。葉淳之自身的創作《冥核》，即涉及一段臺灣「蝴蝶王國」招牌下的蝴蝶產業史，她文中所引之向明〈屠虎〉詩，更與前述騷夏一文遙相呼應。

此外，現代詩作為一種最能寄託種種符號隱喻的載體，當可帶我們窺見人如何觀照、想像動物。但是，什麼動物最受詩人青睞呢？廖偉棠帶給我們一個出乎意料的答案，不是貓，不是狗，而是，蚊子。從饒富趣味的「蚊學」出發，詩人提醒我們，穿透種種且卑且亢的動物意象，「方可不卑不亢，承認這個世界並非只供『萬物之靈』

驅使」。

第四章「動物作為主體：生態意識，行動關懷」，則將眼光放到八〇年代以來的生態觀。在多元的生態、動物保護意識下，動物的主體性被彰顯，作家們對人類過去理所當然的行為和價值觀，進行了更多書寫與反思。蕭義玲由自然書寫的脈絡出發，觀察這些作品如何從回返自然的意願及行動為起點，繼而突圍人類中心主義視角的文類發展過程；並以廖鴻基為個案，論析他由《鯨生鯨世》的海上尋鯨，到《遇見花小香》的寫作歷程。某程度上，我們也可看見鯨豚在廖鴻基筆下，由科學生態角度的分類學，逐漸朝向強調動物主體、獨一無二的「少年花小香」之轉折。

范宜如由城市角度進行觀察，論析作家們如何或者透過旁觀的角度思索人與動物互動，或反轉主從位置，顛覆過往對自然與動物的想像，從而構築出一種人與動物共生的新倫理關係。該如何看待烏龜、鴿子、街貓、浪狗，這些或被豢養、或被拋棄、或被排除的動物？她引述法蘭岑的文句——當你和真實動物發展真實的關係後，就會面臨真實的危險：「最後可能交付出『愛』的危險。撞上那樣的愛，都會改變你和世界的關係。」文中介紹的許多作家，無非都是交付出愛，撞上了愛，從而讓自己置身那危險之中的人。

第五章的「萬獸有靈：原民與動物」為我們揭開第二部多元世界觀的序幕。首先是泰雅族的漢人女婿林楷倫，介紹原住民文學中的動物神話。除了若干具代表性的神話之外，他更將關注的眼光放在當代原住民文學中，神話元素的展現。不僅提示我們「自身亦是動物，亦是多重身分」的反思，並觀察神話在作品中既承繼又轉化的特質，如何體現出這些新生代的原住民作家，對自身身分的認同，以及看待部落與自然的態度。

龔卓軍處理了臺灣當代最具爭議性的動物議題之一：狩獵文化。除了詳述引發社會論辯的蔡忠誠獵槍案和王光祿釋憲案之外，更回溯狩獵文化背後，「人與動物靈魂交換」的世界觀，將狩獵文化與動保法之間的緊張關係，帶到哲學層面的思索。此外，文中對若干藝術作品的介紹亦值得進一步細思，如吳思嶔的《山羌模仿術》，透過壢坵部落年輕追蹤師羅安聖在傳統領域獵場中的身體動作，呈現出「與動物的身體與靈魂狀態亦步亦趨」之精神；至於藝術家蔡音璟透過動物溝通師，和一隻日治時期、未曾展示過的綠啄木鳥標本進行溝通，再模擬人造啄木聲的《在海拔二〇〇〇公尺震動》，更是「萬物有靈」之當代版的迴響。

第六章「後人類時代：人類世下的動物」分為奇幻、科幻、圖文繪本三個部分，回應當代「人類世」概念下，文學作品所能提供的人與動物關係之思考。瀟湘神由奇幻文學出發，一方面能呼應前章之神話思維，另方面，則介紹「奇幻文學」的概念由西方平行移入臺灣後，如何對臺灣文學中的幻想動物帶來新的創作角度，從而期許在這樣一個妖怪重新現身的年代，奇幻文學與「當代的秩序、倫理、以及價值」之對話可能。

林宛瑄爬梳發展時日相對較短的臺灣科幻小說，但動物在其中無不扮演重要角色。無論是未來廢墟中的獸群意象，抑或變種生物之毒所帶來的世紀浩劫，這些想像均指涉了當代的人與動物關係，是由我們的過去所形塑的未來。她以哈洛葳《與麻煩共駐》一書提醒讀者，當生態環境日趨崩壞，與其他生物互動時，「不逃避共處時可能感受到的麻煩，摸索好好共活共死之道」，實為當務之急，而科幻小說或許正是一個帶給我們與「共麻煩共死生」之實踐倫理的起點。

此外，黃宗慧以圖文書為鏡，觀看臺灣動物意識之變化，如何從傳統的擬人化動物敘事模式，慢慢走向一個動物能成為「前景」的關懷。無論是將林旺從慈眉善目的「爺爺」形象解放，還原其一生的李如青《最後的戰象：大兵林旺三部曲》；或是記錄了在運載途中不幸摔落身亡的河馬阿河故事的《阿河ＡＨＯ》，都改寫了過往圖文書中動物園的形象；又如賴馬將《我和我家附近的野狗們》改版為《我和我家附近的流浪狗們》，亦可從中窺見社會看待動物的意識與動物處境的某些變化。當更多作品帶出這些不同的敘事面向，動物就更有可能被留在前景。

第七章「看不見的凝視：創．藝視角下的動物」則以不同於前面六章的角度，邀請作家與藝術家現身說法，讓讀者體會與動物相關的文學創作和藝術現場，需要經歷的種種挑戰，以及這些作品又如何帶給觀者思維上的衝擊。何曼莊的《大動物園》一書，記錄她走訪世界各地動物園的所見所思，是相關主題中少數非動物園從業人員立場，且能帶出倫理視界的作品。本文作為「番外篇」，描述她原本要前往瀕臨倒閉的滿洲里動物園，最終卻匆忙折返的經過；以及《大動物園》簡體版在審查制度下終究沒能問世的種種曲折。為動物發聲，無論在思想或言論層面，似乎總有各式各樣的「（政治）不正確」，而動物的命運，卻往往隱沒在這些論辯的視域之外。讀來感慨之外，更多惆悵。一如文末那句，「滿洲里的那頭大象，被我看到也好，沒看到也好，牠都一直在那裡」。

至於羅晟文，則分享了他這幾年來的藝術創作，以走訪各動物園拍攝北極熊圈養狀態的《白熊計畫》為起點，他的創意與關懷不斷拓展：嘗試用撿拾鵝毛的方式，製作一件真正的「人道」羽絨；戴著超聲波轉換器體驗動物世界所聽到的人類噪音；以撈捕黃鰭鮪魚的電玩置入過漁議題；以密室逃脫的形式，置入「設身處地」想像鰻魚生命經歷的遊戲體驗……讓我們看見當代藝術在反思人類世的處境時，所具有的巨大潛力。

最後，我想補充說明這次展覽與專書的主標題：「成為人以外的」。如何能「成為人以外的」？想必是許多讀者看到這個題目時，內心會浮現的疑問甚至質疑。受限於我們的形體肉身，人當然無法真正在現實意義上「成為人以外的」，但它寄託了多重語意上的曖昧性與可能性。它是一種超越人類中心主義的願景；也是一種指向後人類時代，人與他者界線流動的狀態；除此之外，它更提醒我們，那些在自然大化之下，「成為人以外的」生命們，牠們同樣具有情感與性格，我們與牠們同死共生。在此，自然要特別感謝提供了這多義與多元想像題名的柯裕棻。有趣的是，柯裕棻愛動物，但她幾乎不寫動物。在這方面惜字如金的她，只有在短文〈微聲〉中，可驚鴻一瞥看見她對兔子細膩入微的觀察與愛。

但是，愛動物，為何不寫動物？她在訪談中這麼解釋：「我怕有人看了之後，一時貪圖兔子可愛而衝動亂養，會造成動物更大的痛苦。」[2]愛，有各種樣貌。愛之而念茲在茲，時時叨念是一種形式；愛之而戒慎恐懼，細心守護避而不談，是另一種。柯裕棻的不寫動物，呈現出「交付出愛，撞上了愛」的另一種實踐。一如許多動物倡議者最常說的，是希望世界上再也不需要有動物倡議團體，才代表動物真正得到了牠們應得的對待。儘管那樣的理想，可能在遙遠到不可見不可知的遠方。

而在那之前，或許也只能如現在這般，以我們所知的方式，或書寫、或行動，或默默守護。因此，感謝臺文館蘇碩斌館長策劃了這次的「成為人以外的：臺灣動物文學特展」，更要感謝每一位參與本書的作者，讓臺灣動物文學有了一個具體可見的輪廓。也謝謝在執行面上用力最深、協助最多繁瑣的行政事務、聯繫工作的聿倫和于容，以及讓展覽具體成形的玩味創研，謝謝唐廷和明慧，大家一路走來真的辛苦了。當然，也謝謝聯經的陳逸華副總編與編輯黃榮慶先生，讓本書能夠順利出版。

記者耶莉娥妮．布魯恩（Eliane Brum）在其作品《剩餘靈魂的收藏者》中提到，瓜拉尼蓋約瓦族有一個字 ñe'ẽ，指的是「文字」與「靈魂」同時存在。她說：「正是在這他者的語言中（既非我的，亦非你的），我找到了足以定義自己這番追尋的詞彙。在兩個世界之間的漩渦裡，我想要成為能夠產生作用的文字。」對我來說，這麼多年來的努力，無非也是希望在兩個世界之間的漩渦裡，成為能夠產生作用的文字。

希望這本書，能夠成為產生作用的文字，讓動物的靈魂被看見。

獻給所有人以外的

………

注釋

1. 見蔡明德臉書頁面。2021/03/08。https://www.facebook.com/tsaimt.sun/posts/3955974294463373
2. 陳琡芬〈日常瑣碎轉化成的珠玉淨光——柯裕棻《洪荒三疊》〉https://okapi.books.com.tw/article/2125，2013.5.24。

成為人以外的

臺灣文學中的動物群像

第一部

時光變奏曲

Chapter1

第一章

動物作為工具：田園時光，戰爭變奏

臺灣動物風情志：早期漢語文學中的動物形象

余美玲

臺灣天時溫煦，地性膏腴，三萬六千平方公里的土地上，物種豐富，如《臺灣通史》所云，「羽毛齒革之豐，飛潛動植之庶」，取之不盡，用之不竭。陳第〈東番記〉被公認為中國人所寫有關臺灣的第一篇遊記，文中提及原住民的生活方式，以及所畜養的動物情況，但對於諸多動物並未有深入描寫。清領時期，隨著宦遊人士來臺，早期動物的紀錄見載於方志遊記，以及詩、賦的書寫中。從方志的紀實，賦篇的鋪陳敷采，到竹枝詞百科全書式的書寫，宦遊人士以「發現」臺灣的方式，勾勒所見所聞，拼湊出想像的世界。而隨著移民開發，本土文人的出現，動物逐漸走入園林與日常生活，人與動物的關係，也從生存的實用，異己的對立，變成物我的和諧，成為抒情言志的重要對象。

臺地動物大合唱

清領臺灣兩百一十二年，為了治理之需曾多次修志。有關「動物」的書寫，見載於方志的「物產志」或「土產」，如畜、羽、毛、鱗、介、蟲之屬。由於方志是統治者的施政指南，一談起上述的「動物」，往往以紀實為導向，不脫日常生活、農事飲食之用。以《諸羅縣志》「鱗之屬」為例：「塗鮀：形類馬鮫而大，重者二十餘觔（同斤）。無鱗，味甚美。自十月至清明，漁者多獲之，醃入內地。」文字敘述圍繞著魚的外型、顏色、大小，肉質粗細，有刺無刺，好吃與否，實用色彩濃厚，對於生物性、生態習性的描寫，不是撰寫者關心的重點。

相較於方志的實用色彩，賦的鋪采摛文，對於剛收入帝國版圖的臺灣，正好可以凸顯帝國的強盛，以及海邦膏壤的「一方之奇秀」，最具代表性的是王必昌的〈臺灣賦〉。王必昌說臺灣風物之特殊，「海物惟錯，獨為充斥」，走到哪兒都是海產，難以逐一辨識，只能略從顏色、外觀稍加分辨，如：「鯔烏鯉紅，鱝紫鯧白；赤海金精，烏頰黃翼。青鯇投火，烏賊噴墨；錦魴花鯰，金梭如織」。黑紅白黃青的海魚，豔麗繽紛，美麗與醜怪並列，既「投火」又「噴墨」，猶如馬戲團的雜耍，而成群游動的金梭魚，更將大海編織成一幅美麗天然的錦繡。全篇文字典雅高華，又具音律之美，而鮮美的海味，正好撫慰宦遊人士離鄉背井的心靈。

方志紀實，有什麼說什麼；賦鋪陳華麗，似琳瑯滿目的精品，一字排開；竹枝詞，是另一形式的風土百科，所謂「耳目前開天海外，土風盡入竹枝詞」，類似臺灣動物大合唱，呈現臺地風物的特殊性。竹枝詞的書寫少則十首，多至百首，藉以容納臺地各種「寶物」。它的基本形式是：七絕＋連章組詩＋詩注＋口語化語言。由於不避口語與俚俗，讓它讀起來具俗美、詼諧的趣味，劉家謀的〈臺海竹枝詞〉十首可為代表。其中十首之八：「郎船可有風吹否，新婦啼時郎識無。怕郎不見遍身苦，勸郎且作回頭烏。」詩中提到四種臺灣沿海、澎湖、綠島海域常見的魚類：風吹否、新婦啼、遍身苦、回頭烏，表達女子對出海捕漁郎君的思念之苦。

「風吹否」，可能是尖翅燕魚，俗稱海燕或風吹鈴，身形如燕翼。早期漁船既小又慢，漁船出海與否，得看天氣，觀風向，因此，「風吹否」，決定了心愛的人是否出海捕魚，一語雙關。「新婦啼」是翻車魚，或稱曼波魚，因肉質含水量極高，煮熟後體積縮小，致使新婦啼哭，與「拍某菜」的茼蒿有異曲同工之妙，暗喻新婦思念郎君的內心煎熬。「遍身苦」，是身上有斑點和尖刺的金錢魚，此種魚的特徵是烹煮時，若不慎將魚的膽囊弄破，膽汁流出，魚肉就苦澀不堪入口，以此借喻分離的痛苦與折磨。「回頭烏」是烏魚，烏魚有信魚之稱，年年洄游，暗喻期盼郎君能如期平安返家。全詩扣緊四種魚類的特徵，寫出沿海居民以海為田的生活，語意雙關，情意深厚，頗有樂府民歌的風情。

除了竹枝詞，其他如朱仕玠〈瀛涯漁唱〉一百三十首、周凱〈詠物二十四首〉，書寫的方式也像竹枝詞，將各色海物，麻虱目、飛藉魚、鸜哥魚、鱘、文昌魚、鯊魚、蘆鰻、三腳鱉、丁香魚、氣魚、海馬、醋鱉、龍蝨、龍虱、帽華螺、馬陰螺、鬥魚、扁魚、胎魚、鸚哥魚、燕子魚、琵琶魚、珊瑚魚、石拒魚、龍占魚、木理蛤等，魚龍潛躍，以七言連章的形式「一網打盡」，是另一種「海底總動員」。

奇幻的島嶼

臺灣納入清朝版圖，對於宦遊來臺人士而言，臺灣是新闢之地，自然環境之惡劣，是一個充滿危險的驚奇之地。或許是源於古代神話所描繪的毒蛇的神祕，又或者是基於人類對於無腿蠕動外星樣貌蛇類的懼怕，「恐蛇」現象屢屢出現在詩文的書寫中。

明鄭時期的盧若騰，不曾親履臺灣這塊土地，但因反對鄭成功取臺作為反清復明的基地，以自己的想像書寫臺灣，描寫海東是個充滿巨蟒的恐怖淵藪，他的〈長蛇篇〉說這巨蟒的血盆大口，像是無法填滿的大型絞碎機，「鎧甲劍矛諸銅鐵，嚼之糜碎似兔麞」，讓人怵目驚心。他還警告大家，臺灣是個巨蟒之島，千萬不要來此白白送命！

其實臺灣野生動物繁衍，早在鄭經帶兵與「斗尾龍岸」（大甲溪以北）原住民交戰時，就曾見草中巨蛇口銜生鹿的傳說。來臺灣採硫的郁永河，《裨海紀遊》也記錄他親眼目睹巨蛇的過程。他說臺灣的巨蛇不僅狠毒，連長相都奇醜無比，看了毛骨悚然。最可怕的是夜晚的「蛇鳴」，閣閣鳴聲緊貼床頭，有時鼾聲雷動，讓人神經緊繃無法入眠。至於小蛇也不遑多讓，追人的速度疾如飛箭，令人心驚膽顫，連出門的勇氣都沒了。

這種對蛇類的恐懼與想像，始終未曾消歇。孫元衡〈巨蛇吞鹿歌〉，寫臺灣山林有鹿無虎，看似令人放心，但是有一種比猛虎更令人害怕的動物——巨蛇。巨蛇的出現，「颼颼草木腥風走」，瀰漫一股腥臭之風，還會噴雲吐火，宛如恐怖片中的惡龍。詩歌中放大書寫巨蛇吞食的能力，說巨鹿的一雙犄角，巨蛇不費吹灰之力，頭一仰，輕鬆嚥下，凸顯宦遊人士對臺灣這塊「落後蠻荒之地」的恐懼與不安。隨著臺灣

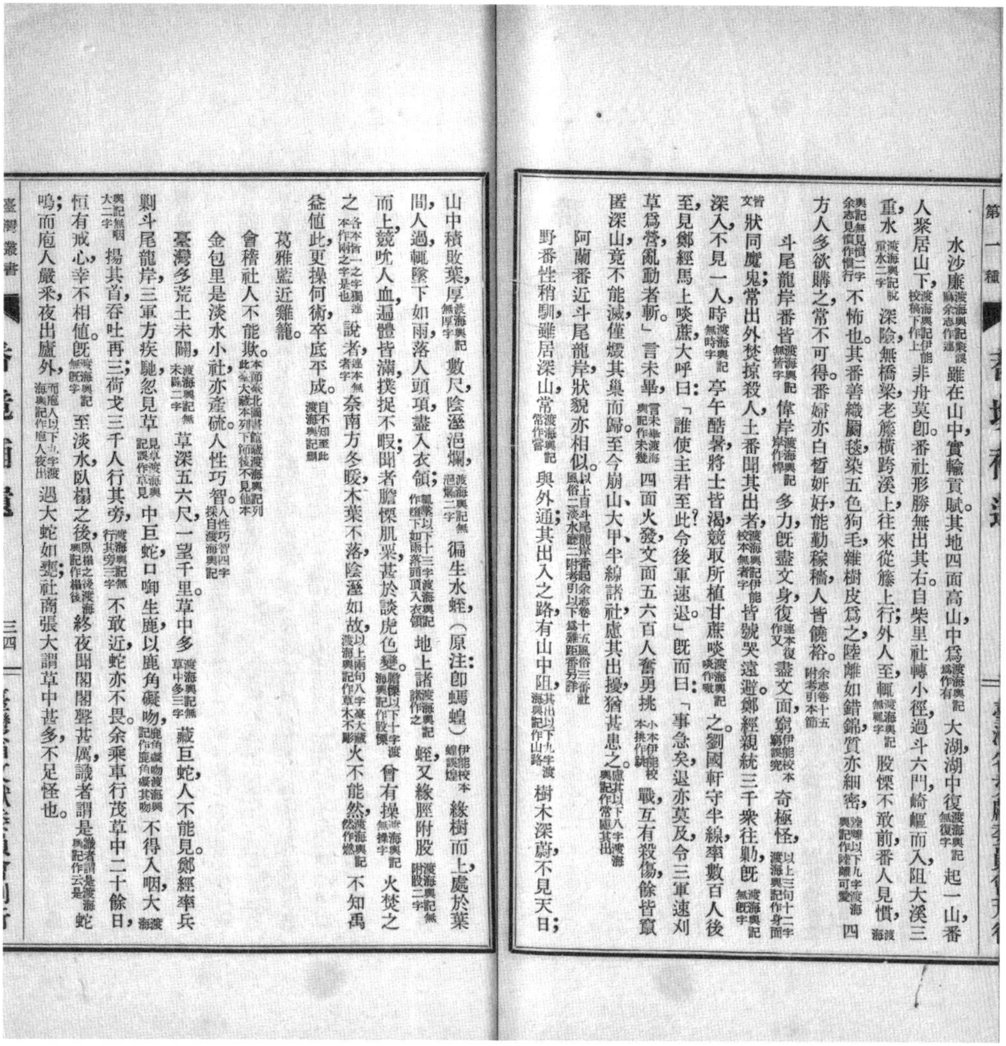

第一種

水沙廉（渡海輿記廉誤漣，余志作連）雖在山中，實輸貢賦。其地四面高山，中為（渡海輿記為作有）大湖，湖中復（渡海輿記無復字）起一山，番人聚居山下，（渡海輿記伊能校稿下作上）非舟莫即。番社形勝無出其右。自柴里社轉小徑，過斗六門，崎嶇而入，阻大溪三重，水（渡海輿記脫重水二字）深險，無橋梁，老籐橫跨溪上，往來從籐上行；外人至，輒（渡海輿記無輒字）股慄不敢前，番人見慣，（渡海輿記無見慣二字，余志見慣作慣行）不怖也。其番善織罽毯，染五色狗毛，雜樹皮為之，陸離如錯錦，質亦細密，（陸離以下九字渡海輿記作陸離可愛）四方人多欲購之，常不可得。番婦亦白晢妍好，能勤稼穡，人皆饒裕。（余志卷十五附考引本節）

斗尾龍岸番皆（渡海輿記無皆字）偉岸（渡海輿記岸作悍）多力，既盡文身，復（連本復作又）盡文面，窮（伊能校本窮誤究）奇極怪，（以上三句十二字渡海輿記作身面皆文）狀同魔鬼；常出外焚掠殺人，土番聞其出者，（渡海輿記伊能校本無者字）皆號哭遠避。鄭經親統三千衆往勦，既（渡海輿記無既字）深入，不見一人，時（渡海輿記無時字）亭午酷暑，將士皆渴，競取所植甘蔗啖（渡海輿記啖作噉）之。劉國軒守半線，率數百人後至，見鄭經馬上啖蔗，大呼曰：「誰使主君至此？令後軍速退。」既而曰：「事急矣，退亦莫及，令三軍速刈草為營，亂動者斬。」言未畢，（言未畢渡海輿記作未幾）四面火發，文面五六百人奮勇挑（小本伊能校本挑作跳）戰，互有殺傷，餘皆竄匿深山，竟不能滅，僅燬其巢而歸。至今崩山、大甲、半線諸社，慮其出擾，猶甚患之。（慮其以下八字渡海輿記作常慮其出）

阿蘭番近斗尾龍岸，狀貌亦相似。（以上自斗尾龍岸番起余志卷十五風俗三番社風俗二淡水廳二附考引以下為雜距番另詳）

野番性稍馴，雖居深山，常（渡海輿記常作嘗）與外通；其出入之路，有山中阻，（其出以下九字渡海輿記作山路）樹木深蔚，不見天日；山中積敗葉，厚（渡海輿記無厚字）數尺，陰溼浥爛，（渡海輿記無浥爛二字）徧生水蛭，（原注：即螞蝗）（伊能校本蝗誤蟥）緣樹而上，處於葉間，人過，輒墜下如雨，落人頭項，盡入衣領；（輒墜以下十三字渡海輿記作墜下如雨落頭頂入衣領）地上諸（渡海輿記諸作之）蛭，又緣脛附股（渡海輿記無附股二字）而上，競吮人血，遍體皆滿，撲捉不暇；聞者膽慄肌粟，甚於談虎色變。（膽慄以下十字渡海輿記作股慄）曾有操（渡海輿記無操字）火焚之之（各本皆一之字，獨連本作兩之字是也）說者，（連本無者字）奈南方冬暖，木葉不落，陰溼如故，（以上兩句八字臺大藏渡海輿記作草木不彫）火不能然，（渡海輿記然作燃）不知禹益值此，更操何術卒底平成。（自不知至此渡海輿記刪）

葛雅藍近雞籠。

會稽社人不能欺。（本節臺北圖書館藏渡海輿記列此，臺大藏本列下節後，不見他本）

金包里是淡水小社，亦產硫。人性巧智。（人性巧智四字採自渡海輿記）

臺灣多荒土未闢，（渡海輿記無未闢二字）草深五六尺，一望千里。草中多（渡海輿記無草中多三字）藏巨蛇，人不能見。鄭經率兵勦斗尾龍岸，三軍方疾馳，忽見草（見草渡海輿記誤作草見）中巨蛇，口啣生鹿，以鹿角礙吻，（鹿角礙吻渡海輿記作鹿角礙其吻）不得入咽，大（渡海輿記無咽大二字）揚其首，吞吐再三；荷戈三千人行其旁，（渡海輿記無行其旁三字）不敢近，蛇亦不畏。余乘車行茂草中二十餘日，恒有戒心，幸不相值。既（渡海輿記無既字）至淡水，臥榻之後，（臥榻之後渡海輿記作榻後）終夜閣閣聲甚厲，識者謂是（識者謂是渡海輿記作云是）蛇鳴；而庖人嚴采，夜出廬外，（而庖人以下九字渡海輿記作庖人夜出）過大蛇如甕，社商張大謂草中甚多，不足怪也。

臺灣叢書　三四

《裨海紀遊》中描述作者登臺後首次看見巨蛇吞鹿與夜鼾聲鳴的奇景。

的開發，對這些蛇類逐漸有清晰具象的描述。十八世紀《臺海采風圖》，其中一幅將「青竹摽」（即青竹絲）、「蜥蜴」與「刺竹」合繪為一，畫面上「青竹摽」緊緊纏繞著刺竹的竿莖，尖銳分岔的舌信，像在空中揮舞，充滿野性與危險；左下方一隻黃褐色的「蜥蜴」，細長的尾巴，腳趾如爪，頭略上揚，似與青竹摽對話。中間寫著幾行字：「青竹摽，蛇類也，一名百步創」，一旦誤觸，疾齧如飛鏢，百步內斃命，這是臺灣山林中真正致命的隱形飛箭。

山中有巨蟒，海上有大魚。《諸羅縣志》：「海翁：即海鰌」，有人說是鯨魚，也有從語源上溯，認為它是儒艮、海牛等。方志說海翁是大魚，能吞舟，浮於海面時，如移動的牛背，傳說中「海翁現，則大風將作」，是另一種龍起生雲，虎嘯生風的感應異象。「臺灣」自古被稱作「鯤島」，「鯤」是大魚，考古學者發現臺灣到處都曾有過鯨魚化石的出土，說臺灣是鯨魚之島也不為過。

文獻記載中常見巨魚擱淺的事蹟，有人取魚脂煉油點燈，或當紡織機潤滑油；也有直接割取魚肉食用，將魚脊骨拿來當碓臼、枕頭或橫樑，甚至將海翁魚涎沫製成「龍涎香」，說是具「神奇」療效。《臺陽見聞錄》曾載一則漁民獵捕小海翁之事：漁民先分組，以船載粗大藤索，末端綁著「逆鬚鎗」追逐魚蹤，一旦發現，便舉鎗射魚，然後縱索隨魚，直到魚精疲力盡，擱淺沙灘，再分割魚肉煎油。這種捕鯨的方法，到日治時期引進新式捕鯨砲等技術，更加速鯨魚的捕獲。李碩卿〈大板埒屠鯨場〉，就是描寫恆春附近大板埒（今墾丁南灣）屠鯨場，血淋淋宰殺鯨魚的景況。

鯨魚在江日昇《臺灣外紀》一書中，則是充滿傳奇色彩的海上大魚。《臺灣外紀》說鄭成功是「東海長鯨」轉世投胎，誕生前有人看到大魚出沒，噴水如雨，翻騰鼓舞，空中傳來金鼓之聲，彷彿有光，而他的母親翁氏也在生產前夕夢見大魚跳躍入懷中，驚醒後卓爾不群的鄭成功就降生了。鯨魚賦予鄭成功神力，他「冠帶騎鯨」，戰艦直入鹿耳門，驅走荷蘭人，直到他病逝，「騎鯨人」的傳說始終跟隨著他。鄭成功的英雄氣質與傳奇色彩，還讓他具有「非常權力」，「召喚」各種動物，民間傳說中虱目魚、鱷魚、老虎、壁虎、田螺，都曾協助他的軍隊鼓勇殺敵，收復臺灣。「精忠直貫七鯤身，跋浪騎鯨若有神」，鄭成功對國家的忠誠，乘風破浪的英勇行為，成為臺灣精神的象徵。

從野禽到園林

動物中的鳥類因為色彩繽紛，而受到人類的青睞。臺灣禽鳥中，許多以顏色見珍者，如白鳩、白八哥，「白」是祥瑞之徵。此外，還有以豔色奪目吸睛的長尾山娘（或稱長尾三娘）。長尾山娘即今之藍鵲，六十七（居魯）〈長尾三娘〉：「翠羽光華綬帶長，如雲委地美人粧。命名當日非無意，謂勝黃家第四娘。」詩歌描寫藍鵲華麗的羽色，長如綬帶的尾巴，似女人烏黑絲絹般的秀髮，因而被賦予美麗的名字「三娘」。詩中挪用杜甫〈江畔獨步尋花〉：「黃四娘家花滿蹊」的典故，還俏皮地說：為什麼稱作「三娘」？就是第三名勝過第四名的意思，三娘要比四娘美啊！十分幽默逗趣。

另一種翎羽鮮豔的是倒掛鳥（小鸚哥），六十七寫〈倒掛鳥〉紅喙綠衣，美質天然，來自呂宋島，但牠特立獨行，「中立羞隨凡鳥列，倒垂卻與眾生違」，喜歡倒掛樹上，違反造物原理。《臺海采風圖》上繪有兩隻倒掛鳥，一隻倒掛金瓜茄枝上，另一隻則是正立，眼神注視著左側的同伴，模樣十分可愛。「鎖向金籠困不飛」，可知當時已經被飼養在籠中。鸚鵡倒掛金鉤，原是一種和主人親暱互動的表達方式，但在詩人的眼中，這種「絕技」實在不可思議。

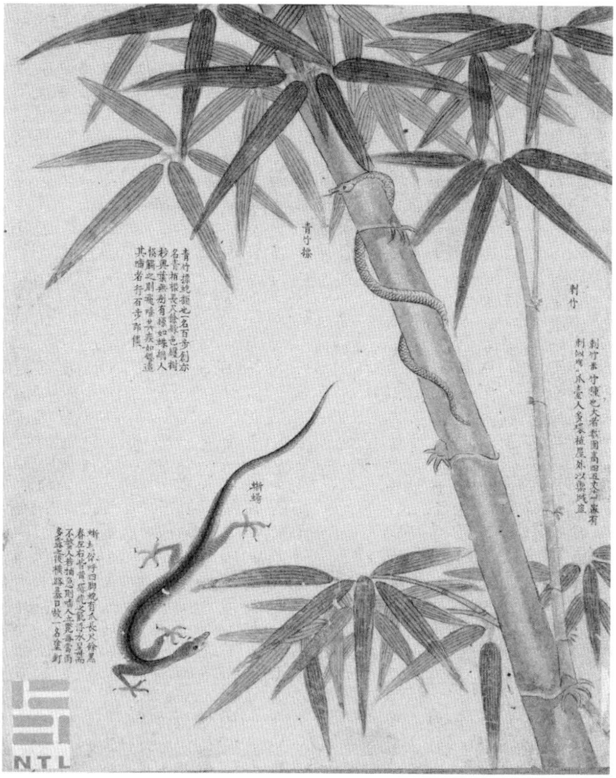

《臺海采風圖》為描繪臺灣動植物的風物圖，上下圖分別為刺竹、青竹摽與蜥蜴；以及倒掛鳥與金瓜茄（國立臺灣圖書館典藏）。

鸚鵡是聰慧之鳥，擅學人說話，為鸚鵡「調舌」，成為飼主必教之技。潛園主人林占梅的鸚鵡會背誦李商隱、溫庭筠的詩，每當主人詩思若有所動，鸚鵡立即秒懂，喚來婢女鈔詩，十分慧黠。北郭園主鄭用錫家的「能言鳥」，一日於夜闌人靜、天寒地凍之際，鸚鵡冷到呼叫主人，把主人從夢中驚醒，連忙起床看個究竟。鸚鵡能吟詩，說人話，當然也會「罵人」。連橫有一隻會飆罵的鸚鵡，靈動的巧舌，吃飽閒著，沒事罵起人來：「籠中鸚鵡太憨生，紅豆拋殘舌本輕。不誦心經修福慧，但聞簾底罵人聲。」表面上主人斥責鸚鵡不好好誦經，好脫離六道輪迴，但禽言人語，實在可愛，更何況還罵出主人的心聲，讓人暗爽在心。

連橫的鸚鵡只會罵人不肯誦經，王則修則真的養了一隻會誦經的鸚鵡。他有〈鸚鵡誦經〉十一首，藉鸚鵡寫他追求宗教心靈寧靜的生活。詩歌中寫道：主人對宗教的精勤修誦，鸚鵡日夜沾染，竟也能記誦成音。詩人不禁感慨，禽物尚能如此，眾生如能補拙，也是解脫可期。五濁之世，俗儈之地，眾聲喧譁，我清靜的心靈，宛如塵囂中一絲寂寞的清音，而鸚鵡是我的知音。

小窗晴暖，鳥語琅琅，白頭翁是臺灣常見的野鳥。關於鳥兒的「白頭」，詩人們的解讀各有不同。胡承珙認為：天妒英才，這世間「到得白頭能幾人？」林占梅對於這每天穿梭花叢、聒噪不休的白頭嬌客，笑牠是多情公子，「自古多情易白頭」，自作自受，活該！吳德功天生是個悲觀者，「觸景心憂忡」，鳥族的「白頭」是天生造化，我的「白頭」是人生實難的標記，沒辦法，我就是想太多。至於林臥雲的〈白頭鳥〉，則是對知音的呼喚：「天下滔滔是，知音良獨難！」

園林是眾鳥的遊樂園。蓋一座花園，鳥就進來了。清領時期北臺灣著名的兩座私人的園林——北郭園與潛園，自然風光，不染塵俗，除提供主人歸隱的愉悅外，園中鳥雀依節氣時序報到，生意盎然。鄭用錫的園林畜養的禽鳥有：鸚鵡、孔雀、鶴、鴨等。孔雀是「文禽」，素有最美麗的鳥類之譽，但他家養的一雙孔雀產卵後不肯孵育，最後由「家雞」代勞，鄭用錫因此感嘆：禽鳥溫和慈慧，不分你我，「煦煦何其仁」，不用我寫〈勸和論〉，自動相親互助，身為萬物之靈的人，成天劃分彼此，械鬥不休，難道人真的不如鳥？

占地三十畝的潛園，廣植梅花三百樹，禽鳥輪番鳴囀，正是「一部花間小管絃」，喚醒主人早晨的精神，轉換午後的心境，沉澱夜晚的心靈。林占梅愛鳥，總能夠從花葉的動靜中，察覺禽鳥的蹤跡，以文字捕捉鳥兒輕快歡暢的身影。〈閒坐葡萄下作〉是一首充滿童趣的人鳥捉迷藏詩，透過人鳥瞬間的「睇」、「瞥」，會心的眼神交會，一切盡在不言中。優雅閒適的鶴是主人的心靈伴侶，陪伴主人讀書，敲詩，放空。林占梅時常「角色扮演」梅妻鶴子的林和靖，潛園的石階迴廊，池邊水亭，常見鶴隨人，人隨鶴的身影。「攜鶴」，「抱鶴」，「領鶴」，「放鶴」，「調鶴」，鶴具體真實地走入生活，印證他與孤山同出一脈。林占梅也是臺灣詩壇少數能琴的詩人，古人以「鶴軫」作為琴的代稱，「鶴山」指琴的尾部，林占梅愛琴，字鶴山，鶴的高雅與古琴的氣質最為相契，於是詩人、仙禽、琴聲、鶴聲，寒梅清芬，營造潛園一種了別人間的仙境。

那些動物告訴我的智慧

我們從動物身上學到什麼？小生命也有大道理，丘逢甲〈蟲豸詩〉五十首刻鏤物情，以為閱世之通鑑。這五十首〈蟲豸詩〉，託物言志，諷刺現實，對應現實人生，說是「人論」五十種也不為過。「開臺進士」鄭用錫從觀察鳥的習性，喻示學子為學之道。「學如鳥數飛」，學而時「習」之，像鳥不斷地用翅膀練習飛翔，才能飛向光明。林占梅要人們以鳥為師，「嘆彼么麼物，聞聲輒知幾」，勸人處世因時制宜，拋卻成見，虛心自持，才能有洞察先機之智慧。吳德功有顆敏銳善感之心，大自然的鳥禽，時常觸動他內心的歡喜憂戚。他從南路鷹身上領略到：「人宜鑑于鳥，行止毋孟浪」，現實世界的網羅更加殘酷血腥，小心別落入牢籠。〈鳥〉一文警惕世人，甜美的東西是危險的，耽溺安逸享樂，終將導致身敗名裂。〈白鷺營巢林家記〉，寫的是臺中樹仔腳庄林耀亭家白鷺鷥營巢撫雛事，但也提醒世人良禽擇地而棲的道理。

早期臺灣的鄉村還可常見身黑尾長的烏鶖，「天與秋莊好圖畫，鳳梨香裏叫烏鶖」，這是一幅美好和諧的臺灣田園風情。烏鶖騎水牛，是鄉村常見的景緻，民間俗諺喜用來調侃形容瘦小的丈夫娶到高大妻子，而日人佐倉孫三的《臺風雜記》，從牛背上的黑鳥感受到牛鳥無猜、長相作伴的溫馨畫面，進而呼籲統治者要懂得互利共生的道理：「世之為政治家者，不可無水牛之度量也。」至於楊仲佐的〈貓與鳥〉，說的是強權與弱勢的相處之道，背後提醒日本殖民下的臺灣人，所謂日臺「共榮共存」的口號是個假相，臺人一定要小心謹慎。

最後，林占梅告訴我們一個生活中制止「噪音」的小撇步：當亂蛙鳴叫，徹夜鼓譟，讓你厭世抓狂，不妨大聲朗誦「楚騷漢史唐詩」，「一時聒耳么麼都作鳥獸散」，保證有效！有這麼些飛禽走獸，人的視野更廣了，生活也更添趣味，那是道地的臺灣味！

參考資料

1. 哈爾·賀佐格著，彭紹怡譯：《為什麼狗是寵物？豬是食物？：人類與動物之間的道德難題》，臺北：遠足文化，二〇一二年。
2. 余美玲主編：《臺灣古典詩選注3飲食與物產》，臺南：國立臺灣文學館，二〇一三年。
3. 周鍾瑄主修，臺灣史料集成編輯委員會編：《諸羅縣志》，二〇〇五年。
4. 婁子匡：〈鄭成功傳說的探討〉，《文史薈刊》第二輯，一九五八年。
5. 賈祖璋：《鳥與文學》，上海：上海古籍出版社，二〇〇一年。
6. 「智慧型全臺詩知識庫」，國立臺灣文學館線上資料平臺。

延伸閱讀

1. 余美玲、施懿琳主編：《臺灣漢詩三百首》，臺南：國立臺灣文學館，二〇一九年。
2. 曹銘宗：《花蠘仔：臺灣海產名小考》，臺北：貓頭鷹出版社，二〇一八年。

3. 黃美娥：〈臺灣古典文學史概說〉，收入《古典臺灣：文學史．詩社．作家論》，臺北：國立編譯館，二〇〇七年。
4. 鄭麗榕：《文明的野獸：從圓山動物園解讀近代臺灣動物文化史》，臺北：遠足文化，二〇二〇年。

親密家人與文化隱喻：日治時期臺灣文學中的人與動物

楊翠

日治時期臺灣文學的動物書寫、動物處境，以及人與動物的關係，大致可以從三個面向來觀察。其一，展現動物與人類的緊密關係，兩者如同親密家人、生活夥伴；其二，以動物意象與動物處境隱喻人類處境，特別是臺灣人的被殖民處境；其三，直接從動物主體的立場，反思並批判人類的自私與殘酷。

親密家人，生活夥伴

楊逵本身務農，以農場營生，因此，他作品中的動物與人，經常展現親密如家人的夥伴關係，〈鵝媽媽出嫁〉即是如此。〈鵝媽媽出嫁〉中出現兩種動物——鴨與鵝，都是鮮活的生命主體，更是貧窮農家視為親人的家庭成員，小說以日常性的生活場景，描繪人與動物的互動，更以孩童的視角，展現動物與人的親密關係。例如他描寫鴨子爭吃吊在屋簷下的小米種子，孩子們覺得鴨群跳來跳去伸長脖子的畫面很有趣，樂得手舞足蹈，而農場主人則是悲憫無奈，他並非抱怨群鴨搶食，而是不忍見牠們挨餓：「人都吃不飽的這個時候，根本我就不想養的，不知道是誰送的，妻卻拿回來，結果只好天天看牠們挨餓，實在於心不忍。」

小說描寫孩童與兩隻鵝的互動最為鮮活，農場是他們共同的遊戲場所，孩子天天把鵝趕到草地上吃草，公鵝母鵝相伴，「在光輝燦爛的太陽光下散步的白白鵝子真是美極了」，牠們咕呱咕呱搖擺著身體，與孩童相互唱和，人與鵝「已成為很好的朋友」。小說中，鵝夫妻已經成為農場的一分子，農場主人與孩子們談起鵝媽媽何時會生孩子的語境，就如同在談論某個家庭成員的待產一般，毫無違和感，不是寓言小說，而是生活現場。

正因為鵝夫妻是農場家庭的親密家人，因此當醫院院長覬覦鵝媽媽時，孩子們十分憂慮，得知父親婉拒出讓，又感到放心。然而，農場主人的婉拒，卻讓院長惱羞成怒，故意刁難，一再拖欠款項，讓他收不到帳，無法付款給苗園主人；最後苗園主人作主出面，將鵝媽媽送給院長，很快順利收到帳款，農場主人卻感到心痛不忍：「鵝子打著翅膀叫著，像在求救似的看著我。」鵝媽媽被奪走，農場失去親密的家庭成員，孩子們失去好朋友，不再活潑歡笑，而「失了老伴的鵝子，失了媽媽的小鵝，更顯得寂寞悲傷」。

楊逵以孩童的純真視角，通過日常生活細節的描寫，展現鵝與人的親密關係。正因為鵝媽媽是家庭夥伴、是親人，而不是物件，因此，當牠被迫成為禮物，被迫用來餽贈，或者被迫做為工具以換取其他利益，即使是交換生活的安穩時，也讓農場主人傷感，並且自責：「這三十圓，說來並不是賺的，是免於損失，卻是鵝媽媽出嫁的代價……我卻串演了虛偽的『共存共榮』而生存……良心的苛責，叫我非常難受。」

由此就衍生出〈鵝媽媽出嫁〉的另一層意涵，「被搶婚的鵝媽媽」隱喻著被殖民的臺灣人民。將小說中院長的覬覦、索取、剝奪，置於楊逵發表這部小說的一九四二年，日本帝國主義正高喊「大東亞共榮圈」、「共存共榮」等口號的時代語境中，表徵著殖民者以此為名，對殖民地強硬奪取，「被搶婚的鵝媽媽」、無法保護親人的農場主人，都是殖民地臺灣人民的集體象徵。

正因為〈鵝媽媽出嫁〉中人與鵝的關係是親密家人，因此，鵝與人的處境可以互相映照、互換類比，從這個角度來看，鵝媽媽既是一種象徵，但又不只是作家所操演的文學技巧，不單純只是被挪用的象徵物件，而是主體本身；小說所指涉的，是人／鵝處境的共通性，兩者都是殖民體制下的受迫害主體。

楊逵另一部小說〈水牛〉中的水牛，也同樣具有親密家人、受迫害體者的雙重意涵。〈水牛〉的故事主體，是對底層農民與女性悲運的同情；小說以少年視角，描寫地主的兒子所傾慕的少女阿玉，因為家貧，被她的父親賣到少年家中做丫鬟，眼見她日後就將成為自己父親的小妾，少年心中悲憤，深覺世事不公。

小說以題名「水牛」，將農民命運、女性悲運綰結起來，牛群與少女，原本都在大自然中活潑歡喜生活著。少女阿玉經常開心騎上牛背，馳行到池邊草原，水牛與其他牛群啃食青草時，她就在角落看書；然而，因為家貧，水牛與阿玉最後都被賣掉了。小說中人與牛的關係如同家人，而命運也是相互勾連、彼此參照的；因為農村衰疲，農民生計受到剝奪，農民只好賣女兒、賣水牛，割讓的都是親密家人。楊逵所悲嘆的，既是阿玉的命運，也是水牛的處境，他以一小段篇幅描寫水牛一頭頭被賣掉之後，池邊的牛群失去夥伴，神情落寞的場景：「悠遊漫步的水牛，只要數量多，總也

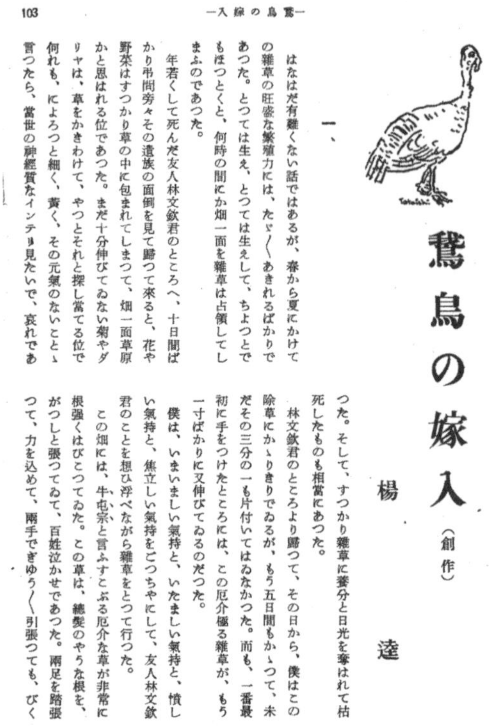
103　—鵞鳥の嫁入—

鵞鳥の嫁入（創作）

楊逵

一、

はなはだ有難くない話ではあるが、春から夏にかけての雑草の旺盛な繁殖力には、たゞ〳〵あきれるばかりであつた。とつては生え、とつては生えして、ちよつとでもほつとくと、何時の間にか畑一面を雑草は占領してしまふのであつた。

年若くして死んだ友人林文欽君のところへ、十日間ばかり弔問旁々その遺族の面倒を見て歸つて來ると、花や野菜はすつかり草の中に包まれてしまつて、畑一面草原かと思はれる位であつた。まだ十分伸びてゐない菊やダリヤは、草をかきわけて、やつとそれと探し當てる位で何れも、によろつと細く、黄く、その元氣のないことゝ言つたら、當世の神經質なインテリ見たいで、哀れであつた。そして、すつかり雜草に養分と日光を奪はれて枯死したものも相當にあつた。

林文欽君のところより歸つて、その日から、僕はこの除草にかゝりきりでゐるが、もう五日間もかゝつて、未だその三分の一も片付いてはゐなかつた。而も、一番最初に手をつけたところには、この厄介極る雜草が、もう一寸ばかりに又伸びてゐるのだつた。

僕は、いまいましい氣持と、いたましい氣持と、憤しい氣持と、焦立しい氣持をごつちやにして、友人林文欽君のことを想ひ浮べながら雜草をとつて行つた。

この畑には、牛屯宗と言ふすこぶる厄介な草が非常に根強くはびこつてゐた。この草は、總髪のやうな根を、がつしと張つてゐて、百姓泣かせであつた。兩足を踏張つて、力を込めて、兩手でぎゆう〳〵引張つても、びく

圖為楊逵〈鵝媽媽出嫁〉1975 年由大行出版社發行之版本書封。
作者原以日文〈鵞鳥の嫁入〉首次發表於 1942 年《臺灣時報》10 月號。

楊逵與他的雞鴨們，體現人與動物如家人般的關係。（楊翠提供）

會給人一種很熱鬧的感覺，如今突然減少，儘管牠們的活動都沒有變化，卻給人一絲落寞的悵惘。『這些傢伙也是被搶走玩伴的一夥了。』我直覺的感覺著。」

在楊逵筆下，無論是鴨、鵝、水牛，首先都是活生生的動物主體，是小說中人物角色的家庭成員、親密夥伴，因而牠們與人的處境與命運才能如此自然而然地相互扣連、彼此參照互動，從而成為作品中具有深意的文化隱喻。

操演動物意象，進行文化批判

日治時期的臺灣文學中，有不少是以動物意象做為某種文化隱喻的作品。例如農村社會常見的雞群，就經常出現在小說作品中，有的象徵殖民者，有的則象徵被殖民者。

賴和〈惹事〉中的雞群是由日本警察所豢養的，牠們到處亂竄，跑到農家覓食，踏壞菜園，被菜園主人驅趕後，四處逃竄，又被鄰居婦女家中桌上準備好的豬食香氣所吸引，爭先恐後跳上桌去偷吃，把食物罩籃搗得翻落下來，一隻母雞來不及跑，被罩在籃子裡，日本警察便指控婦女偷竊他的母雞，將她綁到官府裡。〈惹事〉中的雞，象徵日本警察，是殖民強權的衍生，印證了「一人得道，雞犬升天」。

張深切的〈鴨母〉，小說主題與賴和〈惹事〉有異曲同工之妙，反思面向相同，動物意象則相反。〈鴨母〉中，養鴨的阿應被書房漢學先生、人人盛讚「忠孝兩全」的簡先生，當眾誣指偷走他的六隻鴨母，在一大群地方仕紳環伺之下，阿應幾乎被未審先判，好不容易證明偷竊者另有他人，卻又被迫要默認倒楣，不能證明清白，即使花錢請律師辯護，也被欺騙，表面相助，實則收取簡先生好處，任意敷衍抹平。〈鴨母〉中的「鴨母」象徵被壓迫者，而〈惹事〉中「雞」則是壓迫者的權力延伸，兩部作品中的動物處境不同，但扣問的問題則相同：無論是殖民者，或是舊社會、新時代的地方仕紳，當他們濫用權力，那麼，弱勢者（鴨母、勞苦人家、臺灣人民）便總是處於被壓迫的命運。

張文環也經常以動物意象為隱喻，進行文化反思與社會批判，「雞」更幾度出現在他的小說中。〈論語與雞〉中，張文環透過無辜的雞進行雙重批判。一方面批判漢人傳統文化的守舊蒙昧；當人們產生衝突與爭執，特別是涉及謊言與清白，雙方各執一詞時，經常以「到有應公面前去斬雞頭發誓」來處理，兩方競唸咒語，讓雞的冤魂附著到對方身上。小說寫道，雙方「用這種厲害的誓詞相約束……這在臺灣的發誓形式中，可以說是最高的方法。這表示沒有罪的人也願意把報應的輕重在兩人之間分擔……」。

其實不是體諒地分擔，而是一場當事人的咒誓表演競賽。斬雞頭發誓的場面，因為是誓言對決的極致，當事人雙方都表現得很壯烈，以昂揚氣勢展現自己站在真相與正義的一方。這種戲劇性極強的展演，在傳統社會特別引人好奇，村人經常群起圍觀，在場隨之吶喊。張文環以荒謬突梯的筆法，將鏡頭推近，以近距離、慢動作，精細描寫兩人唸咒語斬雞頭的場景，特寫大刀落下雞頭時的畫面，頭沒有完全被斬斷，還黏著一層皮，雞歪抖著脖子：「拼命而盲目地跳躍，滾轉到竹林下去。」

最荒謬的場景還在後面，書房裡教論語的老師，忽然拔腿追逐滾下去的雞，「以雙手推開竹林的姿勢，跳向崖下去，而把喘息著快要死的雞撿回來」。然後，殺雞、拔毛、大快朵頤，論語老師貪婪地追雞吃雞的畫面，與他帶學生唸「論語」的畫面相互疊合，形成高度反差。小說題為「論語與雞」，正是嘲諷老師滿口經義，內裡實則不堪，而在這場咒誓表演中，無論是斬雞頭做戲的、看戲的、吃雞的，沒有任何人在意真相是否得到釐清，而雞則成為真正的犧牲者，牠的存在，只是滿足了人類的一場表演而已。

張文環的〈閹雞〉，更挪用「閹雞」的意象，以女性視角展開多重文化隱喻，包含男性的去勢無能、傳統文化的守舊顢頇，以及殖民地社會的消沉無力。當主流的、陽剛的力量被削弱或自我繳械，陰性能量反而以女性的自我犧牲，成就了救贖與重生的希望。小說以諧謔的手法，嘲諷某些傳統信仰的荒謬性；小說中的鄭三桂，家族藥房的窗邊放了一隻木雕閹雞，「那家有閹雞的店」於是成為標誌，營造了店舖的全盛時期。作者以全知觀點的敘事視角如此寫：即使店舖後來讓渡了，但「只有這隻柴閹雞不予讓渡，迄今還藏在阿勇家的眠床下。偶像崇拜的始源或許也經過這樣相同的形式而進化來的吧。偶然地這隻閹雞看板，不僅在村子裡，而且風靡到鄰近的村子，致使這家藥房的藥效，竟近似迷信那樣被相信了」。

張文環以「閹雞」所要批判與反思的，不是「信仰」做為個人的精神活動，而是「信仰」以一種集體催眠的、戀物化的方式，覆蓋人們的精神自主性。就此而言，〈論語與雞〉與〈閹雞〉中的雞，都是被物化、乃至戀物化的客體，都具有雙重意涵。一方面，雞的主體性完全被剝奪，牠們或者被視為一種媒介物、轉替物，牠們的生命被用來替有罪的人承擔罪責，任意地剝奪；或者是身體被人類的慾望與想像任意玩弄，人們相信將公雞從小去勢並強迫餵食，可以讓牠的肉質變好，讓人類的口腹之

張文環的〈閹雞〉首發於1942年《臺灣文學》2卷3號（第5號），下圖為手稿。

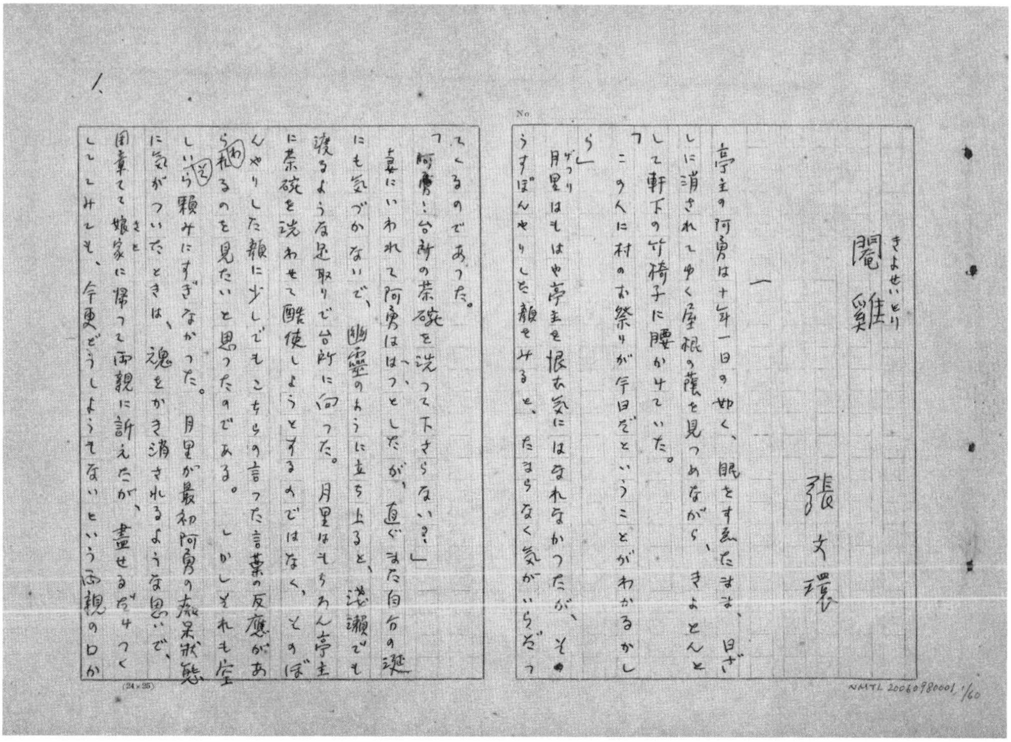

閹雞（きよせいどり）

張文環

一

亭主の阿勇は十年一日の如く、眼をすゑたまま、日ざしに消されてゆく屋根の蔭を見つめながら、きよとんとして軒下の竹椅子に腰かけていた。

このへんに村のお祭りが今日だということがわかるかしら。

月里はもはや亭主を恨む気にはなれなかったが、そのうすぼんやりした顔をみると、たまらなく気がいらだってくるのであった。

「阿勇！台所の茶碗を洗って下さらない？」

妻にいわれて阿勇ははっとしたが、直ぐまた自分の迷にも気づかないで、幽霊のように立ち上ると、浅瀬でも渡るような足取りで台所に向った。月里はもちろん亭主に茶碗を洗わせて酷使しようとするのではなく、そのぼんやりした顔に少しでもこちらの言った言葉の反応があらわれるのを見たいと思ったのである。しかしそれも空しい頼みにすぎなかった。月里が最初阿勇の痴呆状態に気がついたときは、魂をかき消されるような思いで、困果てて娘家（さと）に帰って両親に訴えたが、盡せるだけつくしてみても、今更どうしようもないという両親の口か

慾得到更多滿足。另一方面，這兩部小說中的雞的處境，都隱含著一名現代臺灣知識分子對封建社會的反思，以及對文化革新的迫切期待。

在一九四〇年代戰爭期的臺灣，時局緊張，殖民地控制嚴峻，先前朝向外部實踐的新文化運動被迫偃旗息鼓，轉為內向性的自我文化檢視、反思與批判，特別是關於婚姻家族制度、女性身體買賣制度、宗教迷信行為等等的反省，成為文化革新的新路徑，〈論語與雞〉與〈閹雞〉透過民俗中的「雞」的處境，展現了張文環在這個面向的深刻思索。

試驗犬與王爺豬：動物主體的剝奪

論及文學書寫中對於動物主體的思考，彰化古典漢詩人賴紹堯的〈試驗犬〉，應該稱得上是一部代表作。〈試驗犬〉是一首新樂府詩，從動物主體的視角，反思人類披著現代醫學的外衣，卻對動物進行生命剝奪的倫理課題。

在臺灣現代化的推進史上，日本殖民時期總是被記上重重一筆，現代醫學亦是重中之重。日本治臺後，在臺灣推動現代醫療體系，包括法律制定、醫學教育的推動、醫療網絡的建立等等，一八九九年成立臺灣總督府醫學校（今臺大醫學院前身），許多臺灣現代知識精英如蔣渭水、賴和等都畢業於這個學校。然而，從殖民地主體來看，日本統治當局在臺灣所發展的現代醫學，其實具有高度的殖民現代性，以現代性手段，遂行殖民目的，而臺灣知識分子對此也有深刻的觀察與醒悟，他們在學習現代醫學新知之際，也同時反思著，如何以文化主體來運用現代新知。

賴紹堯是一位傳統漢詩人，他個人的特殊經歷，非常有助於思考日治時期臺灣舊文人如何在封建傳統性、殖民現代性之間，一方面進行內在的自我文化思辨，一方面展開外部的文化批判。日本領臺不久，開始推動鴉片漸禁政策，賴紹堯本身有鴉片成癮的問題，決心戒斷，因而在一九〇八年住進臺北醫院（今臺大醫院前身），接受四十天的戒斷療程。住院期間，他接受院內的導覽安排，參觀醫院內部建設，親眼目睹動物活體解剖的過程，因而寫下〈試驗犬〉。

現代醫學講究科學研究精神，而以「實驗動物」進行活體解剖則被標榜為成就科學研究精神的一條路徑，至於其中關於人與動物的倫理問題，一向被科學精神的理性旗幟所覆蓋。賴紹堯親睹狗被活體解剖，〈試驗犬〉以第二人稱的敘事視角，與「爾（試驗犬）」進行對話，慨嘆牠的命運不濟，既不是奔馳於廣闊田野，不是做獵犬暢快逐獵，也不是被圈養在家中飽食豐肥，而是做為試驗犬，瞬間被解剖掏空，成為刀下亡魂。詩中有這樣的句子：「偶然發明一新法，用以活人人百活。人活犬死一何偏，貴人賤畜理則然。先生用物有深意，豈以草菅為兒戲。吁嗟乎，越王走狗遇功臣，兔死狗烹何不仁。」

人類為了推進醫療進步，延長壽命，以狗為實驗品，剝奪狗的生命權，然而，「兔死狗烹」，沒有人會記得試驗犬是「活人」的功臣。〈試驗犬〉以人／犬對話，翻轉「貴人賤畜理則然」一語，形成反諷深意——「實則理不然」，由此展開人與動物之間關於物種倫理的深沉扣問。當然，如果從漢詩人遺民書寫的視角來解讀〈試驗犬〉，此處的動物處境，也一如前述楊逵、張文環等人的作品，象徵被殖民的臺灣人，人與狗，都是一種特殊類屬的「試驗犬」；狗為了推進現代醫學而被剝奪生命，臺灣人則是為了滿足日本帝國主義的侵略目的，而被當成殖民者的「試驗犬」，任其魚肉。

豬，是農家常見的動物，也是日治時期小說中的常客，在作家筆下，豬的處境與際遇不同，所指涉的意涵各異。如吳希聖的〈豚〉，農民阿三一家生活困窘，養豬出售卻無人問津，其後母豬又病死，女兒阿秀為了家計，也被迫下海賣春，其間更受到保正、日本警察的欺凌，小說標題為「豚」，將人的際遇與豬的際遇相連結，表達了人豬同悲的慨嘆。

張文環〈豬的生產〉則是以豬來嘲諷人。小說描寫懷孕後期的母豬不吃不喝，有早產徵兆，阿春婆認為是因為兒子在豬圈釘了兩根木樁，動了土，擾了母豬胎氣，於是請來年輕紅頭道士阿圳唸經消災，小說主要描寫阿圳對於自己被請來，竟是給母豬做法事一事的憎恨與厭惡，好像「受了豬的侮辱」，而有一種「被強姦了的精神上的悲哀」。〈豬的生產〉既反思了傳統社會的迷信文化，也嘲諷了阿圳貴人賤豬的心理，從而為豬的主體發聲。

蔡秋桐以筆名「匡人也」所發表的小說〈王爺豬〉，亦是既反思傳統民俗祭儀，亦反省人類的殘酷，為動物主體抱不平。小說的時空場景是王爺公的祭壇，王爺豬被五花大綁扛到祭壇前，人們正要以殺豬表達對王爺公的敬謝，神壇將成屠宰場，而警察大人卻突襲檢查，以偷宰豬隻為由，向村民收取罰金，神壇前一片混亂，各人搬起祭品跑路，金銀紙任其燃燒，豬隻板車則被留著，不及拖走。蔡秋桐以混亂場景展現王爺祭儀的荒謬性，小說中有一段，以猶如向王爺公唸禱一般的說話方式，反思人類為祈求自己的幸福，犧牲動物生命的殘酷：「唉！王爺公啊！你有看見嗎？有聽見嗎？如果你是有聽見這弱者，無力可以抵抗的悲鳴，你的心也忍得過嗎？人叫你臭耳人王爺，你當真耳孔無聽見嗎？聲聲叫著苦，聲聲哭著苦，這憨大豬，也像曉得死日將到了，那麼萬人稱呼你是王爺，豈沒有點慈悲的心嗎？」

人與動物相應和，展現自由的追求

日治時期尚有許多作品，擅以動物意象隱喻人類主體對於自由的追求與自我辯證。如巫永福的〈首與體〉，操演日治時期較少見的意識流寫作技法，挪用埃及獅身人面像的典故，以獅子頭與羊頭，首與體，象徵主體所面對社會與自我，以及主體的自我辯證。〈首與體〉中，獅子頭是「首」，以獅子的勇猛衝撞，象徵追求自由的主體意識；而羊頭是「體」，以羊所代表的溫順，表徵主體對社會（包含家庭）規範的順服。小說以首與體的辯證與拉扯，展現主體的深沉思辨：「有獅子頭、羊身；跟有獅身、羊首的兩頭怪獸以加速度疾馳過來，猛烈地衝撞成一團。我忍不住眼睛一閉，眼前立刻出現埃及的史芬克司。兩頭怪獸還沒有決勝負，倒出現了史芬克司，不由得讓我有些張惶失措。」

翁鬧〈天亮前的戀愛故事〉中的動物，也是充滿了自然原慾與生命力，如青年在童年時所見到的公雞，以凶猛氣勢撲上母雞的背，少年時見到的兩隻蝴蝶，彼此交合宛如酩酊大醉，小說以此隱喻自然流動的原始情慾，敘寫青年對愛情的渴望。〈天亮前的戀愛故事〉與〈首與體〉相同，都以意識流與獨白體的手法，讓主體的意識與聲音自由流動，〈天亮前的戀愛故事〉更加入對話體，通過「我」對「你」訴說戀愛故事，讓青年主體發聲，述說自己的原慾，而這種原慾，則是取法自然，人的主體與動物主體相互應和，展現追求自由的意志。

參考書目

巫永福：〈首與體〉，收於沈萌華主編，《巫永福全集・小說卷II》，臺北：傳神福音文化，一九九六年。

吳希聖：〈豚〉，收於《光復前臺灣文學全集3》，臺北：遠景出版社，一九九七年。

翁鬧：〈天亮前的戀愛故事〉，收於張恆豪主編，《翁鬧、巫永福、王昶雄合集》，臺北：前衛出版社，一九九一年。

張深切：〈鴨母〉，收於李南衡主編，《日據下臺灣新文學‧小說選集二》，臺北：明潭出版社，一九七九年。
張文環：〈豬的生產〉，收於陳萬益主編，《張文環全集卷一‧小說集（一）》，臺中：臺中縣立文化中心，二〇〇二年。
張文環：〈論語與雞〉，收於陳萬益主編，《張文環全集卷二‧小說集（二）》，臺中：臺中縣立文化中心，二〇〇二年。
張文環：〈閹雞〉，收於陳萬益主編，《張文環全集卷二‧小說集（二）》，臺中：臺中縣立文化中心，二〇〇二年。
楊逵：〈水牛〉，收於彭小妍主編，《楊逵全集第四卷‧小說卷I》，臺南：國立文化資產保存中心籌備處，一九九八年。
楊逵：〈鵝媽媽出嫁〉，收於彭小妍主編，《楊逵全集第五卷‧小說卷II》，臺南：國立文化資產保存中心籌備處，一九九九年。
蔡秋桐：〈王爺豬〉，收於李南衡主編，《日據下臺灣新文學‧小說選集二》，臺北：明潭出版社，一九七九年。
賴和：〈惹事〉，收於林瑞明主編，《賴和全集（一）小說卷》，臺北：前衛出版社，二〇〇〇年。
賴紹堯：〈試驗犬〉，收於全臺詩編輯小組，《全臺詩・第貳拾冊》，臺南：國立臺灣文學館，二〇一一年。

延伸閱讀

吳永華：《被遺忘的日籍臺灣動物學者》，臺中：晨星出版，一九九六年。
張文環著、鍾肇政譯、劉伯樂圖：《論語與雞》，臺北：遠流出版，二〇〇六年。
楊翠：《永不放棄：楊逵的抵抗、勞動與寫作》，臺北：蔚藍文化，二〇一六年。
劉峰松：《臺灣動物史話》，臺北：臺灣文藝雜誌社，一九八四年。

他山之石

「狗派」還是「貓派」？日本文豪與貓

邱鉦倫

「狗派」還是「貓派」？是近年時常聽聞的，動物愛好者們的「身分分類法」。有趣的是，我們熟知的日本文豪大多都是「貓派」。

最具代表性的，自然首推夏目漱石。他的作品除了單純、直率的《少爺》為人熟知外，再來就是以《我是貓》讓所有貓奴傾心拜讀。在作品中夏目漱石化身博學多才的貓，以人類之心設想貓之語調，犀利吐槽人類日常。讀者們也只能一面在現實中應付不斷壓住筆電讓主人無法工作的貓、不停將水杯擊落於地下的貓，一面讚嘆貓果然是非一般的生物。

另一位文豪芥川龍之介的短篇小說〈阿富的貞操〉，女主角阿富在小雜貨店工作，因戰事進逼全家逃難，雜貨店主人竟忘了帶上最愛的三花貓，阿富為了難過的主人回去救貓，遇上先前認識的乞丐，在戰亂中乞丐看見阿富反倒起了色心，他以貓逼迫阿富，阿富願意獻身救貓，其氣勢反而震懾住了乞丐。這隻貓成為兩人之間互動的衡量，也成為反射彼此人性的鏡子。

《銀河鐵道之夜》的作者宮澤賢治曾在童話《貓的事務所》中描寫四隻「社畜貓貓」。四隻貓各有各的花色與性格，進行看似重要的「調查貓咪的歷史和地理事宜」，但最後在金頭獅子大吼之下解散事務所。另外他在《橡子與山貓》、《大提琴手高修》、《蜘蛛、鼻涕蟲和狸貓》、《規矩特別多的飯店》等故事中都寫到了貓。這些貓有的態度傲慢、有的膽小懦弱，多少能從貓的身上看到人類個性的面向，同時在童話中諷刺人性。

在這些「貓派」作家筆下，貓成了代言人，作家喜藉貓的姿態直道人性的糾結，或許也是因為貓深沉的個性與幽微的形象更適合成為小說主角吧。想像若是憨直的狗會說話，當阿富面對生死貞操抉擇時，大概也只會跳出來說：「放過阿富！」

村上春樹更是眾所皆知的貓奴，不少作品中都出現貓的身影，他曾說若是讀者向他諮詢煩惱時，一律建議「請養貓」，因為「大部分的煩惱只要養貓就會好」。與安西水丸合作的繪本《毛茸茸》裡更直接說出：「我與幸福之間，只差一隻貓。」這已經無關乎貓的形象是否比狗更適合當小説主角，根本就是偏執地愛貓。《我們為何成為貓奴？》一書，曾開宗明義地表示：「貓攫獲了地球上最珍貴、防衛最森嚴的一塊領土：人心。」這些日本文豪，無疑證明了其言甚是。

Chapter2

第二章

動物作為商品：工業超車，動物異化

牛車不見了：臺灣文學中的人、牛與記憶

馬翊航

「去擊天崗看牛」，是許多人在大臺北的生活經驗。隨著臺灣產業結構、農耕器具的變化，牛車從日常生活中退隱，看牛成為調適心情的休閒活動；耕牛記憶的懷想，化作文學寫作的主題。

牠背負記憶

歷史學者張炎憲回憶往昔，牛與人的關係如此緊密：「記得童年時，我常看到族人或庄腳人牽著牛到田裡犁耕或駕牛車載運貨品到市鎮變賣，再買貨運回田庄。牛

是那樣親近，活在家裡的周邊，活在田庄人的生活之中。」胡德夫有歌〈牛背上的小孩〉，悠遠深邃地唱著：「牛背上的小孩仍在牛背嗎？」卑南族南王部落的音樂家陸森寶，在他的自傳手稿中，也曾提及童年的牧牛記憶。每日清晨，他總是騎在母牛背上，讓兩頭小牛跟隨著前往草場。後來他才知道，母親總是傾聽著他呼喚小牛，漸行漸遠的聲音，「會觸動她憐憫的心」。熹微的晨光裡，聲音與步伐，凝縮在母與子的記憶中。

牛隻勞苦堅韌的形象，也與變化中的鄉土人情相互連結，例如吳晟收錄於《吾鄉印象》中的〈牛〉，詩的段落反覆以「不必」起頭，其實卻是深情地追悼、緬懷、回想：「不必追悼你們碩大而笨重的身軀／一季又一季／怎樣在吾鄉的稻田上／一面喘氣，一面反芻枯澀的稻草」。牛、人、記憶、土地、農業社會，形成一組特殊的文學符號，反覆喚起時空的變化與憂愁。一如施叔青的《牛鈴聲響》，牛鈴的音響，成為家園與異地、傳統與現代之間的旋轉門，搖盪起家鄉的記憶，也使人心緒纏繞，夜不成眠。

甘耀明的〈都怪水牛啦！〉，有著另一種童年情調。鄉村童年的同伴，在榕樹下的冰店，等著製冰廠運冰來；樹下還有阿旺伯與他中暑的牛，等待碎冰一解酷熱。

「我」的成績只拿了乙，玩伴光頭蛋拿起美工刀，要替他竄改刮除成績單上的字跡，宛如一場細密手術。只是當冰塊到來、刨成甜美冰花之時，水牛竟把刨冰連同被糖水汗水浸溼的成績單一同吃下去，細細絞碎，最終化為牛屎。破碎的事物如何回復？這一樁荒謬奇趣的童年故事，一時竟如記憶的隱喻。水牛雖破壞了成績單，卻也解放了壞成績，在吞吐之間，以另類的方式背負了記憶。

在牠眼前流下淚水

牛墟是拍賣牛隻的市集，據邱淵惠指出，最早可追溯至清領時期的灣裡街牛墟（今善化牛墟），除販賣牛隻之外，也有雜貨、賣藥等買賣聚集。在描繪牛隻買賣場景的文學作品中，除了牛墟的景況，也有人牛從相依到分離的苦愁。心岱的〈跪牛〉，寫出牛隻在牛墟的驚懼脆弱，也寫牛販的焦心急躁。在牛販的展示、驅走、吆喝、鞭打之下，傷弱的牛無力地下跪：「那一直曲身而跪的牛，似乎懂得主人要索求答案，情急中兩行淚水奪眶而出。牛並不要解釋牠的忠貞或委屈。牠的眼睛因溼潤而泛著一種奇異的神色。」最後因買賣不成，踏上歸途的人與牛，「『回家』使這一對主僕恢復他們原有的親密關係」，牛隻卻只有順受與承擔。原計畫前來牛墟進行採訪的心岱，在此複雜的情景下，也不禁痛哭失聲。牛的淚眼一如水面，照映寫作者搖動恍惚的心緒。

洪醒夫〈跛腳天助與他的牛〉也是販牛的故事。帶著牛走入牛墟的跛腳天助，彷彿也像一頭被估價、定奪、捨棄、鞭笞的受苦老牛。故事最後，天助的牛在老病與過勞下，亡命牛舍中。「天助仍然跪在牛舍裡的稻草上，跟我那天所見一般，臉上一無表情。他的牛四腳伸直，頭垂在稻草上，眼角掛著兩串乾涸的黃眼屎。天助枯瘦的雙手抱著牠，嘴巴掀動著，只是聽不見聲音」。

人牛相依也相類，兩具身體上的故事，可能也是同一具身體。人與牛的邊緣、殘弱，失聲，形成一種隱喻性的關係。「在逐漸轉暗的牛舍裡，天助的臉越來越顯得模糊了。我突然感到我以前並未深刻的認識過他！他跟他的牛是多麼相像啊！……想起這些，再看看天助那張完全變形的鬍髮蔓生的臉，使我意識到生活的獰惡面貌，真叫人不寒而慄……」。敘事者在他的經歷與觀看下，是對生活險惡的重新「意識」，但使人顫動的，更是深藏其中的距離與無力。

甘耀明的〈微笑老妞〉，卻是一則把老母牛買回家的故事。沒有耕牛的家庭，父親為了強化勞動力，去了牛墟一趟。最後卻因憐憫疼惜，把一頭年過三十、剩三顆牙的老母牛帶了回來。這頭無法耕田的牛，出不了半點力，卻會笑：「老牛笑了，露出焦黃的牙齒，我只能苦笑帶過。會微笑的老牛能幹活？要是笑能解決問題，全家在田埂上扠腰大笑，哪用得著彎腰下田。」這頭會笑的牛，鬆動了人、牛、農耕社會間的契約與功能：牠無能耕田，但牠替家庭尋回了走失的阿婆，又在一場意外的雙牛相鬥中，為年紀輕輕的敘事者，抵擋了少年間的衝撞與羞辱。

失能、殘病、窮困的家庭與身體，如何笑得出來？動物的「笑」與「表情」，投射了人類的情感，也會有其誤差（例如海豚總是上揚、如「笑」一般的口部弧度，往往讓人類誤判、忽略了牠的痛苦）。老妞會笑的「臉」，於此不止是人類情感的投射，牠平緩了少年的魯莽；老妞瀕死之際，阿婆以衣相護的慰撫，使人與牛的老弱，得以相互連結與支撐。會笑的牛，不只是苦中作樂的情態與遮掩。牠的微笑，散發著生命交雜的悲喜，也是負重生命的聯繫與放生。

牛模牛樣

伊能嘉矩在《臺灣慣習記事》中，收錄有「牛圖」，此圖以詩文勾勒牛形，內容描繪耕牛之苦，藉以提醒世人屠牛之惡，也告示宣導宰牛禁令[1]。我們在詹冰的〈水牛圖〉，看見的則是另一種牛的形象展現。詩人以「角」、「黑」、「角」，排列出牛的臉龐，波紋、陽光、樹葉形成的夏日田園，聲音與時間具象與抽象的運作，形成了人、牛、世界、心靈意識間的波動紋路。

觀牛如觀己，識牛也鑑人，吳錦發曾寫下〈畜牲三章〉，借豬、牛、狗諷喻人情世相。童年一頭家中偷吃、懦弱、好色、懶惰而無擔當的老牛，最終逃不過被送到屠宰場的命運。阿公含淚將老牛送上車，但老牛卻無能察知未來的命運，只是興奮地搖著牠的歪尾巴，「給我的童年留下了永難磨滅的印象」。老牛是寓言也是鏡子，作者當時難以解讀的複雜情緒，直到上大學後，才在民族社會學中讀到「文化模式與民族性格」，找到「比較痛苦而具體的答案」。以動物喻人的過程，顯然有作者的批判與言外之意。只是這樣的觀照聯想，是否陷入了人類中心的思考模式？對牛與其他動物的評價是否還有其他可能？也許仍有值得思辨之處。

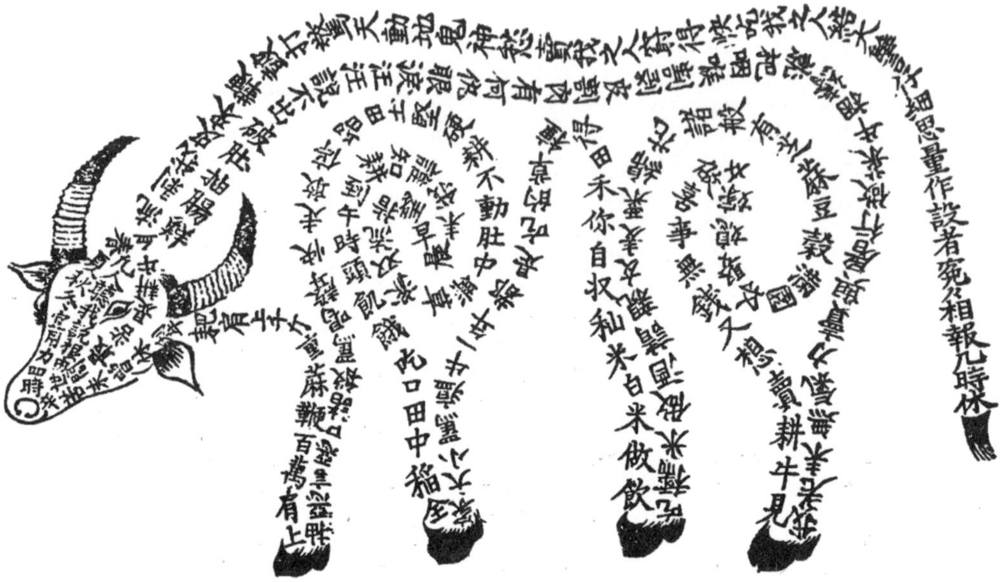

《臺灣慣習記事》第一卷第九號，伊能嘉矩的〈關於牛之取締舊慣〉（牛の取締に關する舊慣）收錄民間佚者之「牛圖」。

陳栢青的〈此致金牛座〉，探照了更幽微的身體－形象－自我關係。這篇採取「書信」形式的作品，致意對象是《聖鬥士星矢》中的「金牛座」。《聖鬥士星矢》中，作者車田正美以星座塑造風格各異、形象鮮明的角色，在各有冷豔、妖嬈、俊美的黃道十二宮中，唯有金牛座粗野豪獷，跟「美型」沾不上邊。降生金牛座，彷彿成了求美的永恆詛咒。

這個命題似是遙遙呼應了駱以軍〈降生十二星座〉的影像都市與宿命宮位——一切一切，莫不是無法探觸的內在，無能終結的螺旋迷宮。〈此致金牛座〉則寫出了陰柔與剛硬、外在與內在、鏡內與鏡外、過去與未來的相照、衝突、暗通款曲。「有時候，我會想，也許，不是我正奔赴你的命運。而是你在實踐我的掙扎。這麼說吧，十二宮黃金聖衣總在線條上強調盔甲的剛硬，恰好與聖衣裡少女般纖秀身體成對比。……他們說金牛座是美神守護，而你偏偏以一魯男子形象現身，我們是金牛座世紀的人，內衣外穿，男身女相，陰錯，所以陽差，最脆弱的被坦出，要把自己練習的好剛強才能繼續生存」。星座在當代，似乎有助於群眾自我定位、相互探測，陳栢青卻要在裡與外重新翻轉：我們既是、也不是自己的星座。「成為」我們所想要，也許如牛緩步，永遠不是一條捷徑。

我們一家都似牛

呂赫若的〈牛車〉裡，主角添丁生活的鄉鎮，引入了載貨卡車、兩輪車，以牛車運送為業的添丁，與牛車一同被時代淘汰，生活墜入沉重的烏暗，現代的速度掃過他的身軀：「自行車與載貨兩輪車從後面拼命追過遲緩的牛車，突然間看了一下楊添丁的臉，然後揚長而去。」小說中米廠老翁對時代的解讀，更像是一則宣判：「不只是牛車。從清朝時代就有的東西，在這種日本天年，一切都是無用的。」走投無路之際，在牛車上不慎瞌睡的添丁，竟禍不單行地被「大人」登記處罰。小說最後，無能抵抗的添丁落入大人之手，「他發出一聲垂死般的叫聲。之後，有關他的事就杳無音訊」。牛與人的「逆來順受」，在時代的洪流下，是否只能有一種結局？

方清純的短篇小說集《動物們》，讓動物與人類命運相映，在各種秩序倫常的「馴」與「不馴」之間發出聲響。〈犁族大進擊〉裡，敘事聲音是一頭耕牛的靈魂，牠伴隨這個家族以田養家的歲月，也陪著家族長經歷農地徵收的抗爭。田地留存下來，抗爭的精神也留存下來。家族裡繼承田地的，是名喚阿男的女子。紀錄片導演阿安欲記錄硬頸的農人抗爭，也對性別氣質不凡的阿男心生戀慕。小說中虛構的紀錄

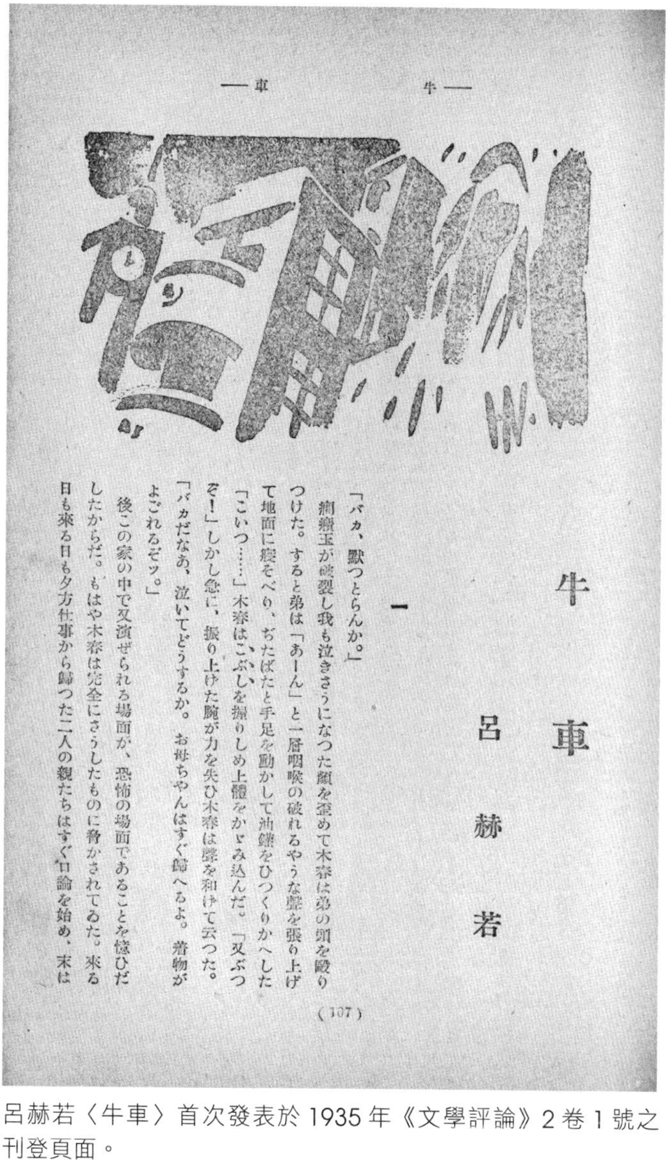

—車　　牛—

牛車

呂赫若

一

「バカ、默つとらんか。」

癇癪玉が破裂し我も泣きさうになつた顏を歪めて木春は弟の頭を毆りつけた。すると弟は「あーん」と一層咽喉の破れるやうな聲を張り上げて地面に寢そべり、ぢたばたと手足を動かして沖鍵をひつくりかへした「こいつ……」木春はこぶしを握りしめ上體をかゞみ込んだ。「又ぶつぞ！」しかし急に、振り上げた腕が力を失ひ木春は聲を和げて云つた。「バカだなあ、泣いてどうするか。お母ちやんはすぐ歸へるよ。着物がよごれるぞッ。」

後この家の中で又演ぜられる場面が、恐怖の場面であることを憶ひだしたからだ。もはや木春は完全にさうしたものに脅かされてゐた。來る日も來る日も夕方仕事から歸つた二人の親たちはすぐ口論を始め、末は

(107)

呂赫若〈牛車〉首次發表於 1935 年《文學評論》2 卷 1 號之刊登頁面。

片名，從「神農之子」改為「犁族大進擊」。「族」的想像包含了差異，讓「牛」與「人」合為一族，而非複製「父」業「子」繼的觀念。

小說中一段情節是，阿男搭乘客運北上，阿安帶她去看一場攝影展：「所以我們把所有作品混在一起展出，就是想要表達眾生皆平等的概念，不管什麼性別、性向、物種、職業、國族……所有的生命，全都是一樣的，沒有誰比較高尚，誰比較低下的歪理。」這「走過一幅又一幅眾生相，受虐的女人，垂死的流浪犬，無助相擁的男男戀人，憤怒咆哮的農工群眾……」這趟攝影之旅是異／族的旅程，也暗示了人與牛的「新夥伴關係」。抗爭發生在公領域，也發生在私領域，當牛的靈魂能夠說話，也就讓種種細微、非主流的生命經驗與意見，有機會一同浮出。

約翰．伯格的〈為何凝視動物〉，引導我們思索人類與動物相互凝視的長遠歷史。在凝視中，人類產生了與動物「相憐」的情感：「動物能提供給人們一種不同於其他人類同伴之間所能提供的『互相為伴』的感情（companionship）。這種陪伴之所以不同，是因為這是針對人類——在此被視為另一種動物時——所產生的同病相憐的感情。」

我們為何／如何凝視牛？或許那混合了哀愁、順從、憐惜與神聖的未知之處，似乎使人意識命運之所在。但約翰・伯格要提出更深層的警醒：在現代的觀看（技術與距離）下，動物的形貌看似更清楚，卻也更邊緣，而被吸收進了龐大的背景；此一「凝視」的絕跡，也是人類自身的絕跡。回顧近百年來的人牛文學路，一如方清純〈犁族大進擊〉中的臺北城門，「通往過去，也通向未來……」，重新傾聽關於牛的記憶與聲響，也許有機會使這些足印與轍痕，不只是往昔的殘餘，也是溫和沉默的指引。

………

注釋

1. https://www.lca.org.tw/avot/2141

牛身上之詩文為：「凡人聽我說根由，世間最苦是耕牛。春夏秋冬宜用力，四時辛苦未曾休。犛耙肩上千斤重，蔴鞭百萬肩上抽。惡言惡口諸般罵，喝聲快走敢停留。田土堅硬耕不動，肚中無草淚雙流。指望早晨來放我，誰知耕到午時頭。饑餓吃口田中稻，全家大小罵瘟牛。一年都是吃的草，種得田禾你自收。秈米白米做飲吃，糯米做酒請親友，麥粟綿花諸般有，芝麻豆穀滿園收。娶媳嫁女做喜事，無錢又想賣耕牛。見我老來無氣力，賣與屠行做菜牛。捆縛就把咽喉割，剝皮割肉有何仇。眼淚汪汪說不出，破肚抽腸鮮血流，剝我皮來鞭鼓打。驚天動地鬼神愁，賣我之人窮得快，吃我之人結大讎。仔細思量作設者，冤冤相報幾時休。」

參考書目

約翰・伯格（John Peter Berger）著，劉惠媛譯：〈為何凝視動物〉，《影像的閱讀》，臺北：遠流出版，二〇〇二年。
心岱：〈跪牛〉，《旅人的積木箱》，臺北：希代出版社，一九八六年。
方清純：〈犁族大進擊〉，《動物們》，臺北：九歌出版社，二〇一七年。
甘耀明：〈微笑老妞〉，《喪禮上的故事》，臺北：寶瓶文化，二〇一〇年。
甘耀明：〈都怪水牛啦！〉，《放學了！14個作家的妙童年》，臺北：國語日報，二〇一二年。
吳晟：〈牛〉，《吾鄉印象》，臺北：洪範書店，一九八五年。
吳錦發：〈畜牲三章〉，《永遠的傘姿》，臺北：三民書局，一九八〇年。
呂赫若：〈牛車〉，《呂赫若全集（上）》，臺北：印刻，二〇〇六年。

邱淵惠：《臺灣牛：影像．歷史．生活》，臺北：遠流出版，一九九七年。
施叔青：《牛鈴聲響》，臺北：皇冠文化，一九七五年。
洪醒夫：〈跛腳天助與他的牛〉，《臺灣文藝》九卷三十七期，一九七二年。
孫大川：《BaLiwakes 跨時代傳唱的部落音符-卑南族音樂靈魂陸森寶》，宜蘭：國立傳統藝術中心，二〇〇七年。
陳栢青：〈此致金牛座〉，第三十三屆時報文學獎．書簡組。
張炎憲：〈故鄉〉，收於施並錫編著，《牛事一牛車》，臺北：草根出版，一九九七年。
詹冰：〈水牛圖〉，《詹冰集》，臺南：國立臺灣文學館，二〇〇八年。

延伸閱讀

約翰．伯格（John Peter Berger）著，周成林譯：《豬的土地》，廣西：廣西師範大學出版社，二〇一九年。
瑪麗珂．盧卡絲．萊納菲爾德（Marieke Lucas Rijneveld）著，郭騰傑譯：《無法平靜的夜晚》，臺北：新經典文化，二〇二一年。

王鷗行（Ocean Vuong）著，何穎怡譯：《此生，你我皆短暫燦爛》，臺北：時報出版，二〇二一年。

王禎和：《嫁妝一牛車》，臺北：洪範書店，一九九三年。

李昂：〈牛肉麵〉，《鴛鴦春膳》，臺北：聯合文學，二〇〇七年。

阮義忠：《臺灣牛與牛墟（1975-1984）》，臺北：攝影家出版社，二〇二〇年。

林央敏：《收藏一撮牛尾毛》，臺北：九歌出版社，二〇一八年。

徐鍾珮：〈我看鬥牛〉，《追憶西班牙》，臺北：純文學出版社，一九七六年。

琦君：《賣牛記》，臺北：三民書局，二〇〇四年。

楊牧：〈接近了秀姑巒〉，《山風海雨》，臺北：洪範書店，一九八七年。

楊逵：〈水牛〉，《羊頭集》，臺北：輝煌出版社，一九七六年。

豐子愷：《護生畫集》，上海：上海譯文出版社，二〇一二年。

沒有臉的屠夫：工業化下的動物處境

李欣倫

「你怎麼能買這種苦命的肉？」，這是卡倫．杜芙（Karen Duve）在《你應該吃我嗎？》中，形容當她在超市將一盤二．九九歐元的鐵盤烤雞放進購物籃時，茹素的室友對她的提醒：越便宜的肉品背後隱藏著越殘忍的罪刑，於是卡倫腦海不自覺浮現電視新聞中播放的畫面：「成百上千的小雞們，斷了喙的，瘸了腿的，一個挨一個擠在狹窄的籠子裡，腳底下踩著髒兮兮黏呼呼的糞便，伸著掉了毛的禿脖子，你爭我搶的啄食。」卡倫嘆氣道：要強迫自己去思考這些乍看之下漂亮的肉雞在死之前經歷了什麼，需要「極強的意志力與忍耐力」，她又忍不住繼續想像那些被孵化器所孵出來的鵝寶寶：沒有母親溫熱的氣息和保護，唯有為數眾多的同伴擠在一起，擁擠卻又孤單地承受著被燈泡強光探照的光景。

這些「苦命的肉」並不只是西方工業社會的普遍日常，臺灣由農業轉型為工業社會後，經濟動物的處境也發生了巨大的變化。

苦命的肉：從農業到工業

農業時代，人與動物的關係緊密，動物也是農家風景的一部分，其中像豬、雞等經濟動物，雖然最終仍逃不了被屠宰的下場，但詩人吳晟卻以悼念的口吻祝禱禽畜，他在〈獸魂碑〉中這麼寫：

> 吾鄉街仔的前端，有一屠宰場，屠宰場入口處
> 設一獸魂碑——
>
> 碑曰：魂兮！去吧
> 不要轉來，不要轉來啊

快快各自去尋找
安身託命的所在
……
豬狗禽畜啊
不必哀號，不必控訴，也不必
訝異——他們一面祭拜
一面屠殺，並要求和平

最末兩句：「他們一面祭拜，一面屠殺，並要求和平」，透露詩人對人類矛盾行為的嘲諷，即使如此，獸魂碑的設置多少也具有安魂及安心的效果：安被殺之豬狗禽畜之魂，也能安屠宰者的心，畢竟這些動物是人類肉食來源，難免宰殺。從這首詩中，至少流露出詩人或屠夫對牲畜的同情，希望眾生能尋覓下一個「安身託命的所在」，然而，進入了由農業轉向工商業的時代，人畜的關係也有所變化。

同樣收錄在《吾鄉印象》中「禽畜篇」的詩作，還包括對雞、牛、豬的呼告和低語，〈牛〉一詩除了提到人類忘記牛隻鬆土、耕作的辛勞，也描述了工業時代下，牛

吳晟的〈獸魂碑〉與多首以家禽家畜為主角敘事之詩作，首次發表於《臺灣文藝》14 卷 54 期革新號 1 期。

吾鄉禽畜

吳　晟

獸魂碑

吾鄉街仔的前端，有一屠宰場，屠宰場入口處
設一獸魂碑——

碑曰：魂兮！去吧
不要轉來，不要轉來啊
快快各自去尋找
安身託命的所在
不要轉來，不要轉來啊

每逢節日，吾鄉的屠夫
誠惶誠恐燒香獻禮，擺上祭品
你們姑且收下吧
生而爲禽畜，就要接受屠刀
不甘願甚麼呢

猪狗禽畜啊
不必哀號，不必控訴，也不必
訝異——他們一面祭拜
一面屠殺，並要求和平
這沒有甚麼不對

不必哀號，不必控訴，也不必
訝異——他們一面屠殺
一面祭拜，一面恐懼你們的寃魂
回來討命；猪狗禽畜啊
魂兮！去吧

鷄

不知道甚麼時候
將有甚麼災禍，突然降臨
不知道甚麼時候
你們必需哀痛的告別

只知道，不論甚麼時候

—205—

的工作被耕耘機取代，逐漸失去利用價值的牠們被迫離開農村稻田，只能走進城市的屠宰場，最後成為盤中菜餚：「自從牛肉香味／自歐美，自不曾需要你們的都城／大量飄進吾鄉／吾鄉微賤的人們，不能抗拒」，詩中也隱約描述了歐美的肉食文化，悄悄改變了臺灣社會甚至農家的飲食習慣。鍾鐵民的小說〈約克夏的黃昏〉開頭，則是電視新聞播報臺灣冷凍豬外銷歐洲受到肯定，眾人期盼能為養豬戶帶來新希望，不過整篇小說卻揭示了個人養殖戶並沒有如期迎來光明的榮景，反而在企業化的經營下賣豬脫困，默默走入生命黃昏的不僅曾風光一時的種豬約克夏，對於「賣一次豬就好像被割一層肉」的個人養殖戶而言，恐怕也是再支撐不住的夕陽產業。

養殖戶的艱難也表現在吳錦發的小說〈豬〉裡，主人公阿番林描述家中母豬生了一窩小豬，七隻出生後便死亡，唯一存活的卻是據說會帶來厄運的五爪豬。這隻豬的攻擊性極強，受不了的阿番林只好將牠棄置墳地，五爪豬不但活了下來，還更加凶狠，妻子瓊妹最後悄悄將豬抓回家飼養，即使牠持續撞門、嚎叫吵人，「瘋狂的模樣簡直就像魔鬼附身似地」，瓊妹仍護著五爪豬。最後阿番林將自己被造紙工廠老闆開除一事，怪罪到五爪豬所帶來的晦氣，受不了折磨的他滿腔怒氣，終於在深夜持刀闖進豬舍：「養牠餵牠，幹嘛還要接受這個畜牲的仇恨和折磨！」

這句怒吼隱隱呼應著造紙廠老闆對阿番林的指責：「我養你是為了幫我做工的，不是養你來罵我的！」這句「我養你」道盡了經營者與勞工的不對等關係，抨擊造紙廠苛待勞工又排放廢水的阿番林，最終被踢出工廠，老闆對阿番林的不滿，正如阿番林對五爪豬的殺意，乍看寫豬，其實也道盡了工業化下勞動者的處境。

這篇小說中的五爪豬，接近吳錦發散文〈畜牲三章〉中關於豬的描寫，故事中的小豬蠻橫又叛逆，不喜歡與別的小豬共食，如果其他豬隻靠近，牠便立刻攻擊，作者形容牠是「凶狠的不良少年」，甚至還反咬阿嬤，阿嬤的飆罵也和阿番林類似：「夭壽仔，短命仔，養你餵你，竟如此忘恩負義！」接著筆鋒一轉，從逆天小豬寫到同樣忘恩負義的人類：

> 竟如此忘恩負義，養大家餵大家，犧牲了農業才成全了工業的臺灣，養肥了工業竟捨棄了在田裡流血流汗的農民們，種禾米落價，種香蕉香蕉倒河裡，養豬豬賤價，大報小報一起罵：「農民沒遠見，一窩蜂作風害慘自己！」

聽在不識字的阿嬤耳裡，也一肚子火：「要吃豬肉時農會拼命叫我們養豬，我們

吳錦發《靜默的河川》，於 1982 年由蘭亭書店發行，收錄〈豬〉與多篇以動物為名的篇章，內容多呈現鄉村文化與時空下人與動物的關係。

養了，他們卻說太多了，市場他們去控制。」文中提到的香蕉倒河裡，也可從吳音寧的《江湖在哪裡？》看出七〇年代末期的農民處境，他們辛苦種植的蔬果被商販嫌棄，稻穀賤價，盛產的水果紛紛投海，而那些販售肥料、農藥和機械的公司「經濟成長全都像海浪一樣澎湃」。

不僅蔬果，吳錦發在《畜牲三章・豬》中也寫到豬價慘跌，農民只好將豬放生，此時台糖的豬隨即出籠，價錢飆漲，從五十塊漲到一千多元，市場控制、商業謀略不斷逼死農民，上當又心慌的養殖戶試圖到河邊找回先前棄養的豬隻，眼尖的阿嬤也抱回了叛逆豬仔，不過這隻「夭壽仔」畢竟不是報恩的貓也非忠犬小八，牠晝夜不斷撞擊豬圈門板，惹來鄰人咒怨，最後儘管阿嬤捨不得，也只得交付鄰居私宰。動刀的屠夫事後抱怨連連，這隻豬真難殺，掙扎吼叫不停，「大概被你們放生的時候得了病吧！好多蛔蟲，連心都變成黑的呢！」

這裡所謂的黑心豬仔，並非指施打化學藥品的假貨，而是暗喻受創的心，吳錦發透過敘事者問難：被流放的心就是這樣的顏色嗎？他試圖揣摩小豬說不出口的痛苦：「是無奈悲傷絕望憤恨愛戀糾結難解的死之吶喊？」伴隨著經濟成長、臺灣錢淹腳目的工商業時代，賤價的不僅是豬隻，養殖戶的生命更不斷貶值，歹豬的痛似乎也是農民的痛，反叛小豬的嚎叫，似乎也吶喊出農民的悲哀，被放生的豬，也暗喻著被枉顧權益的農民。

同樣關心勞動者的楊青矗，在小說〈在室女〉中，也從一位獨居老婦的視角，寫兒女離開農家、去城鎮工廠打拚之後的落寞，老婦清晨早起無事，繞行空無一人、寂靜無聲的家園場景：「豬舍廢置，豬棚內堆了一些柴草，和無用的廢物。」在肉品市場走向企業化經營的過程中，首當其衝的就是作為副業的家戶養殖，如同荒廢的土地，養殖戶只能賣豬，任由豬舍廢棄。

動物工廠，也是悲情農場

牛、豬等禽畜進入屠宰場之前，動物的生存環境也不同以往，不再是農村稻田，更不會是〈約克夏的黃昏〉中，住得比人還舒適的豪華豬舍，而是有助於人類高度集中管理的逼仄空間，在生產掛帥的前提下，得將動物們關進水泥地的飼養場裡，每隻牲口分配到的空間相當有限。

不僅如此，法蘭西斯·拉佩（Frances Moore Lappé）在《一座小行星的新飲食方式》中，提到她與女兒安娜拜訪美國農場時，農夫麥特提到，這樣的狹小空間只會讓「動物變得更容易緊張，也更容易生病」，為了避免動物生病，又加上管理者希望可以在短時間內讓動物快速成長，讓動物們施打藥品就成為必然。於是法蘭西斯·安娜寫道，如今當她看著牛排時，所浮現的畫面已非一望無際的牧場，而是「困在擁擠柵欄中的牛群」，以及「每天給牲口吃的抗生素：一面讓禽畜長得快又壯，同時杜絕動物罹病的可能性」。不僅動物受到威脅，安娜也在牛排的背後看見了肉品工人的健康問題、敵不過連鎖企業的失業老農民，伴隨著工業化和經濟起飛的榮景，背後卻隱藏著部分人類及動物的悲歌。

珍・古德（Jane Goodall）在《用心飲食》中，也觀察到類似的現象，她童年時代那種牛、豬、雞等動物在田園間行走的放牧圖景，到了七〇年代全都變了，為了滿足消費者能用更低的價錢買到更多的肉品，企業開啟了大規模密集的飼養方式，也成為這些農場動物的悲苦開端：一棟堆疊上百個籠子的「電池農場」（battery farms）裡，可塞滿七萬隻蛋雞，為了避免擠在狹小鐵絲籠裡的牠們互啄，人類便施以剪喙「手術」；感恩節的火雞大餐，在牠上桌前的短暫生命中，常被迫灌入生長激素，直至無法站立。為了快速增肥，生長激素也打入豬和牛的身上，甚至進入屠宰場時，缺乏運動的細瘦雙腿根本無法支撐肥胖的身軀，有的寸步難行，有的竟在行進間骨折，無論如何，最後都免不了被一路拖行，只能高聲痛苦尖嚎。

對此，珍・古德說：「工廠式的產業模型認為，把動物視為有情眾生既沒有效率，也無利可圖，他們將動物視為純然的機器，這些機器將飼料變成肉、奶或蛋，彷彿牠們的感情或權益不比一臺自動販賣機高似的。」在珍・古德眼中，工業化下的養殖業改寫了傳統的放牧景觀，既是動物工廠，也是悲情農場，這些最後成為盤中飧的動物，不過是「裝配線下的產品」。從黃宗慧與黃宗潔的觀點來看，就是對人類而言，「牠們基本上沒有臉」，好像不曾是一個活活潑潑、會呼吸、和我們一樣會怕痛的生命，「綜而言之，經濟動物的議題之所以較難獲得關注，在於牠們某程度上只是概念化的存在，又因其數量而被化約成面目模糊、去個性化的『滷肉飯』」。

沒有臉的屠夫：持續至今的經濟動物悲歌

經濟動物的慘況持續至今。張馨潔在〈不去動物園〉一文中，除了寫流浪貓犬輾轉送養的艱辛、海生館的海豚悲歌外，也寫屠宰場的血腥與哀嚎，即使只是透過相關影片的觀賞，彷彿已讓她的字裡行間流淌大量鮮血：「屠宰場工人正以電擊棒打一隻在屠宰走道害怕到四肢癱軟的牛隻，蹄腳與鼻頭血肉模糊的牛隻跪地流淚。鐵絲穿鼻、水管深入胃部灌水增重都是歷程，前往屠宰場的過程為了方便運載更多牛隻，有些國家的屠宰場會在牛眼塞入辣椒，讓牛隻痛到只能站立，無法坐臥。」因此張馨潔感嘆，「所有的屠宰都是撕心裂肺的疼痛，從死前痛到死後，懼到死後」。

不需要親臨現場，人工養殖和屠宰場的恐怖，當今可透過為數眾多的影片「直擊」——不過大多數的我們恐怕連影片都不敢看，難以相信片中的殘忍如此真實，簡直無法耐著性子觀賞下去——透過這些影片，張馨潔以簡明的文字描述：「為了防止雞隻互啄，或在狹小的環境自殘，牠們被剪去嘴喙」，至於牛呢？「酪農業防止小牛喝牛奶，多數是將母子隔離」。某些國家不得已，得將牛母子圈養時，會將小牛嘴上戴上有刺的套環，讓母牛因為疼痛而拒絕哺乳小牛。豬隻也是，「狹欄中的母豬只能側躺餵乳，甚至無法翻身觸碰到小豬」。張馨潔形容自己不願過度人性化這些動物的心情，但在工業化的養殖下，有多少欄養的動物死前已被關到「精神失常、目光呆滯」？

綜上述，寫於七〇、八〇年代間的臺灣文學作品，細膩刻畫了臺灣進入工業化時代前後，禽畜和養殖戶之間猶存的情感，以及企業化經營手段如何改寫了人獸關係，甚至暗示了政府和企業剝削農民及養殖戶，視人類為芻狗的宰制關係。無論是屠宰場前的獸魂碑、養殖戶要賣掉約克夏種豬前所提供的「最後的晚餐」，還是吳錦發筆下心疼並維護凶悍豬仔的婦人，這些故事中的人與動物，至少還存在著同情、不捨與哀悼，人類有機會望向動物的臉，甚至與牠對視片刻，不忍的感受讓彼此產生連結，也讓食肉這件事隱含感恩與教育意涵。進入企業化經營和控制的市場，這些被集中管理和高效屠宰的動物就只是產品，管理者不會與「東西」產生情感上的連結，同樣地，對這些經濟動物來說，望過去的也不過是生產線上如巨獸般的機器，屠殺牠們的是沒有臉的屠夫，甚至從一生下來就見不到母親的臉，未曾感受媽媽溫熱的鼻息與奶水。工業化時代來臨，經濟動物所迎來的不再是黃昏，而是漫天鋪蓋的苦難與黑暗。

參考書目

法蘭西斯・拉佩（Frances Moore Lappé）、安娜・拉佩（Anna Moore Lappé）著，陳正芬譯：《一座小行星的新飲食方式》，臺北：大塊文化，二〇〇七年。
珍・古德（Jane Goodall）著，陳正芬譯：《用心飲食》，臺北：大塊文化，二〇〇七年。
卡倫・杜芙（Karen Duve）著，強朝暉譯：《你應該吃我嗎?:從肉食、有機、素食到果食一場現代飲食體系的探索之旅》，臺北：遠足文化，二〇一六年。
吳晟：〈獸魂碑〉，《臺灣文藝》革新一號，一九七七年二月。後收錄於吳晟：《吾鄉印象》，臺北：洪範書店，一九八五年。
吳晟：〈牛〉，《笠詩刊》七十七期，一九七七年二月。後收錄於吳晟：《吾鄉印象》，臺北：洪範書店，一九八五年。
吳錦發：〈豬〉，《靜默的河川》，臺北：蘭亭書店，一九八二年。

吳錦發：〈畜牲三章〉，《永遠的傘姿》，臺中：晨星出版，一九八五年。
吳音寧：《江湖在哪裡》，臺北：印刻文學，一九八五年。
張馨潔：〈不去動物園〉，《借你看看我的貓》，臺北：九歌出版社，二〇一九年。
黃宗潔：〈被「雙重消音」的，豬的一生〉，收入黃宗慧、黃宗潔合著：《就算牠沒有臉：在人類世思考動物倫理與生命教育的十二道難題》，臺北：麥田出版，二〇二一年。
楊青矗：《在室女》，高雄：敦理出版社，一九七八年。
鍾鐵民：〈約克夏的黃昏〉，一九八二年四月《文學界》第二集。亦收錄於鍾鐵民：《鍾鐵民集》，臺北：前衛出版社，一九九四年。

延伸閱讀

麥可．波倫（Michael Pollan）著，鄧子衿譯：《雜食者的兩難：速食、有機和野生食物的自然史》，臺北：大家出版，二〇一九年。
索妮亞．法樂琪（Sonia Faruqi）著，蔡宜真譯：《傷心農場：從印尼到墨西哥，一段直擊動物生活實況的震撼之旅》，臺北：商周出版，二〇一七年。

韋恩·帕賽爾（Wayne Pacelle）著，蔡宜真譯：《人道經濟》，臺北：商周出版，二〇一七年。

李欣倫：《此身》，臺北：木馬文化，二〇一四年。

他山之石

無使尨也吠：中國文學中的狗

邱鉦倫

人類養狗的歷史久遠，傳統中國歷史上養狗的記載更可追溯到新石器時代，公元前八〇〇〇至七〇〇〇年以前的河北武安磁山、河南新鄭裴李崗以及浙江餘姚河姆渡文化遺址中，均出土過狗的遺骸。不論是甲骨文或是出土的鐘鼎上，也都發現不同寫法的「犬」或「狗」字。

在現今傳世的甲骨卜辭中，「犬」至少有三種意思。一是指特定具體的犬，例如用作狩獵和祭祀的犬；二是指飼養和管理犬的人，其名為「犬人」。三是以犬為圖騰的氏族部落，如甲骨文常出現的「犬方」。

《詩經》中的世界多記載蟲魚鳥獸之名，在詩篇中狗的形象也躍然紙上。最具代表的一首為〈野有死麕〉，詩的篇幅不長，透過狗叫聲，描寫出男女偷偷約會的緊張感：

野有死麕，白茅包之。有女懷春，吉士誘之。
林有樸樕，野有死鹿。白茅純束，有女如玉。
舒而脫脫兮！無感我帨兮！無使尨也吠！

男子在野外發現一隻死鹿，用心地以白茅葉包了鹿肉前來尋找心儀的女子，兩人可能情投意合，但此刻並非相見的好時機，雖然兩人濃情蜜意卻又怕被人發現，面對男子熱烈的情感，女子只好喊出「可別驚動狗狗啊」，因為狗一叫就會有人出來查看了。可見早在《詩經》時代就用狗來看家。清代學者馬瑞辰注解此段引用《周官．犬人》說：「犬有三種，一曰田犬，二曰吠犬，三曰食犬。吠犬即守犬。」田犬就是用於田獵的獵犬，吠犬就是顧家守門，聽到陌生人出現會大叫的看門犬，食犬則是被食用的狗。

被食用的狗？以現今的眼光看來「食犬」彷彿和「文明」背道而馳，但在《詩經》時代，狗除了協助護衛、打獵外，在資源缺乏之時同樣被視為「食物」。

從《詩經》的時代到今日，狗始終陪伴在人類身邊，深深進入我們的社會，狗與人的關係自然也發生了轉變。許多狗已成為「人類家庭的一分子」，牠們所享有的對待也不同於其他動物。但是人類看待牠們的眼光始終不是真正「同類」、「家人」。在各種情境之下，牠們仍有可能會被犧牲。巴金就曾在〈小狗包弟〉寫到他因緣際會接收了一隻日本狗，這隻狗在他們家待了七年，相當討巴金歡心。好景不常，當文革爆發，巴金自顧不暇，最終竟將狗送去醫院「由科研人員拿來做實驗用」，回憶往事，巴金內心滿是愧疚，無限遺憾地說出：「我懷念包弟，我想向它表示歉意。」

物種之間或許有其跨不過的鴻溝，或許牠們最後的命運仍是不幸，但巴金那句「我想向它表示歉意」，或能成為人類對動物生命的尊重、反思人與動物關係的起點。

Chapter3

第三章

動物作為符號：經濟奇蹟，消費奇觀

石虎、蛇店、犀牛角：臺灣文學的動物奢侈品消費

葉淳之

某位歷史人物紀念園區的官邸客廳中，櫥櫃擺設著藍閃蝶翅膀裝飾的圓盤，雖然是折翼的蝶翅，閃爍著耀眼的金屬藍；那是原生叢林深處，魔幻傳奇的光芒。同樣在該處書齋的桌上，擺放著動物腿腳的檯燈，支架上的皮毛褪色黯淡；無能確認物種名稱，可能斑馬，或許長頸鹿。

園區動物製品年代，應為二十世紀後半，官邸主人出訪國外，友邦致贈的紀念品；或為自家購買、賓客贈送。一九七三年，華盛頓公約正式簽署，全球野生動物貿易開始有了國際力量制衡，締約國越來越多，標本也在多數人家居擺飾中消失。這保存良好的時光膠囊，成為窺見異域動物消費的起點。

臺灣文學有關動物製品的文章，多為作家親身觀察。林文義〈離鄉的石虎〉，敘述路經運載木材和林班工人的支線車站，來自深山的車輛卸下多只鐵籠，站務員逗弄籠裡的動物，扮著滑稽鬼臉。籠裡裝著羌、山豬、果子狸……還有一隻毛鬃零亂的野獸，傷痕累累，毛中藏著血，原來是稀有的石虎。

牠們逃不過冬天進補的命運，站務員卻興高采烈補注，石虎不是進補，可以做標本。籠中虎企圖脫逃，弄得一身傷，似乎全然絕望，開始吼叫，淒厲悲涼，「那雙眼睛，眨也不眨的，竟然是望向山脈的方向，喉間發出低沉而間斷的吼聲……」，扯裂了傷口。終究徒勞。

石虎金黃色異彩的眼睛，是幽深黑暗的夜裡，貓科動物反射鬼魅翠綠的眼。「而我從來不曾見過那種眼神！淒厲、驚惶，對於生命充滿著無助、絕望的深沉憂傷」。但其他人的反應截然不同，「站務員笑著說，他們要在城裡的山產店裡待價而沽」。將動物視為「生命」，或是視為「商品」，兩者相較，惻隱之心，並非人皆有之。

曾任職美國加州大學脊椎動物學博物館的喻麗清，在〈象腳花瓶〉追憶參觀「史諾獵品陳列室」，每個標本旁都有獵人手持槍械與動物屍身的合影。她尖銳提問：「史諾先生不知道願不願意把自己的屍身也做成一具標本？」

幼獸的標本，總是令人不忍，不由臆想起牠本可能的未來歲月。
（葉淳之攝／國立臺灣博物館）

標本凝鑄的時光，是動物生涯的片影。
（葉淳之攝／國立臺灣博物館）

如果動物能問獵人就好了，語塞、無語者或當易位。缺乏語文溝通機制，陷入絕境，亦成悲運，若能求饒，或許還有一點可能？喻麗清提及，有位獵人追擊大象，母象倒下後，小象逃跑，但「他作夢也不曾想到，那小小的象影，在一片黃塵裡竟掉過頭來又回到牠母親的身邊」。母象做成標本，獵人割下小象象腳，做成了一只花瓶。

「它是真的，看看那幾個腳趾甲，看那粗粗的皺皺的灰皮，是真的活過的一隻小象」。母子之情喚醒了獵人良知嗎？他死後，家人散盡收藏，唯獨花瓶，遺囑指定捐贈博物館，保存了這段記憶，或許正說明他的歉疚？文末，作家又問：為什麼要有鳥鳴犬吠來劃破松竹的清寂？「因為在一片寂靜當中，我們的良心就要聽見無數的亡魂來訴說他們的故事了，而那些故事，是要追索我們感情的債的！」

異域的想像，奢侈的展現

在工商現代社會，野生動物製品並非民生必需，經過搜尋、獵捕、俘虜、殺戮、交易、運輸更珍稀繁複，遂搖身變為奢侈品。因為收藏是品味的展現，奢侈是展示地位的方式；珍稀與搏鬥過程驚險，輕易跨越了想像的門檻。野生動物貿易多為跨國移動，隱含全球化進程與人類遷移聚集，稀罕的異域是嶄新的全球化商品，只要通路抵達，就可能賣出去，大航海時代增加的銷售管道，讓新興的海洋帝國交換的商品比陸域更多，這樣的全球史脈絡，對動物來說是壞消息。好奇心刺激購買慾，在「珍禽異獸」的光芒下，魅力隨著距離放大，有限的需求提升，發掘更多潛在消費。尤其是完整形體的標本，彰顯了人們對叢林、荒野、海洋的渴望，導致更多需求與殺戮。沒有購買，沒有傷害，人類以毀滅動物展現權力，藉由牠們靠近自然，卻又滅絕了自然。

無論是動物標本或藥材，都承襲手工時代的遺緒，大自然的限量精品，對比工業革命的量產，價格自然抬升。許多作家更常寫的，是親近生活、號稱「療效」的中藥，常與販賣場所連結。簡媜在〈發燒夜〉提到夜市販賣蛇膽和麝香虎骨膏，在人來人往的市場，野生動物的生與死，成為見證者第一手的呈堂證供。

向明的詩篇〈屠虎〉：「眾說保護／我獨屠虎／虎肉一斤八百／虎血一瓶兩千／虎骨五百一截／虎膽五千一枚／虎鞭三萬有六／虎皮十萬不減」。論斤秤兩，交換的利益必須分門別類，才能獲取最多貨幣。在金錢誘惑下，「虎群已散／虎威已失／虎牙已鈍／虎子無望」，如同指捏蟲蟻。屠夫的算盤是今日售罄，還要再殺；就算抗議，屠殺仍未有了結。

曾登上國內外媒體的華西街蛇店，已成「時代的眼淚」，過往是臺灣最知名（可能也最惡名）的野蠻獵奇血腥景點，許多人均曾書寫，突顯庶民記憶的分量。

張曉風在〈種種可愛〉提到帶對毒蛇感興趣的兒子逛華西街，問店員：「這條毒不毒？」對方淡淡答道：「不被咬到就不毒！」其實，比起人怕蛇，蛇更怕人。是否恐怖，端視如何互動，人類不也如此？

蔡仙笛在〈人間傳說〉細膩刻畫：「殺蛇的人，熟練地在蛇腹上劃開一道殷紅的血痕，取出蛇膽，然後把那斑斕的蛇皮一吋一吋的剝下，一條紅色的繩子繫著蛇頸，我看到個通體粉紅的肉塊在蠕動著，那緩慢又帶著絕望生命力的糾纏抽搐著，那蛇盤纏著一處又不斷蠕動像粉腸子似的軀體，總讓我覺得像似亢奮的陽具的蠢動，像是勃起的欲望裡，帶著痛苦與快感的掙扎。」

作家將華西街蛇店與娼妓互相連結：「立在廊上的女子，每當一有男客經過，便一疊聲嬌媚地喊道人客來坐啦。然後又繼續地閒聊枯坐著，不知怎麼著地，我總是會想到剝了皮的蛇，毫無遮掩地在強光的照射下，無奈地蠕動的樣子。」毒蛇和娼妓都是慾望展現，敘述者感覺猥褻噁心，生命像被剝了皮的蛇，不斷掙扎苦悶蠕動著，塗滿胭脂的女人，像毒蛇美麗險惡，充滿誘惑的氣息。

眾多描述蛇店的文學中，住在日本的我國籍作家東山彰良《我殺的人與殺我的人》，以華西街的蛇為貫串，發揮得淋漓盡致：華西街的看板「只畫了一張露出牙齒的嘴巴」，而霓虹燈則是「充滿妖氣」、「所有的一切都好像要吞噬小孩子」。蛇店的籠子忘了鎖上，蛇逃了，少年才想到計謀，沒想到迎接意外悲劇。如果沒有蛇穿梭顯影，故事將大為失色，喚起的恐懼也提醒了自然的無法掌控、不可預期。

動物的悲愁，原民的命運

原住民詩人莫那能的〈百步蛇死了〉最是傷痛深沉。「百步蛇死了／裝在透明的大藥瓶裡／瓶邊立著壯陽補腎的字牌／逗引著在煙花巷口徘徊的男人／神話中的百步蛇也死了／牠的蛋曾經是排灣族人信奉的祖先／如今裝在透明的大藥瓶裡／成為鼓動城市慾望的工具／當男人喝下藥酒／挺著虛壯的雄威探入巷內／站在綠燈戶門口迎接他的／竟是百步蛇的後裔／——一個排灣族的少女」。

自認「百步蛇傳人」的排灣族，青春後嗣淪落花街。飲用蛇液壯陽的男人，蹂躪的不只是女體，更汙辱了原民神靈。無論象徵自然的蛇，或是弱勢的少女，悲愁表露無遺。

吳鈞堯的〈蛇〉，則以蛇寓意「奸滑」、以民為芻狗。在「缺乏蛋白質的僻壤」，蛇「愈毒愈好，往昔華西街攤販上／店家不忘兜售蛇膽／給即將深山踏險的人」。但此時捉不到的蛇，如同無良的權勢者，人民無可奈何，就算「使出最好的竹竿」也無用。如果沒有蛇，人類的邪惡似乎無從描繪；有了蛇，那些本惡的故事都有了比擬。但若動物能書寫，「邪惡」的象徵可能就要顛倒了。

詩人洛夫〈蛇店〉，從蛇的觀點看刀戮：「隔著鐵絲籠／冷眼／瞅著那把雪亮的刀／蠕動著／千年前就已潛伏的絕望」，蛇肉的美味和號稱的療效，讓牠們面臨「有毒一刀／無毒也一刀／梟首而後剝皮」。詩人以蛇暗喻豐美肉體：「嘶的一聲／好一身又白又嫩的赤裸／而後腰斬／而後熬成一鍋比淚還濃的湯／至於肝膽／聽說吃了可以使眼睛發亮／比刀子更亮」。德不孤，必有鄰；邪不孤，必有人與蛇。但人對動物的屠戮，比動物的爪牙，更為凶狠跋扈。

詩人也在〈吃蠶〉描述作家沈從文食蠶治病，開頭描述沈每天吃四十隻蠶降血壓，暗喻蠶彷彿沈，從蠶的「溫柔」影射沈的性情，從「吞煤油的嘴／曾是沉默而敦厚的嘴」、「割喉斷腕的手／曾是寫小說貼古玩標籤的手」，影射沈的自裁。最後以破繭而出，期許沈恢復名譽、走出陰霾，「既可面壁／亦可磨劍／只等某日破關而出／便可揚首向天／吐盡／胸中的瘀血」。相當出奇的聯想影射，人害了沈，沈吃了蠶，但蠶能重生，沈何嘗不能？萬事萬物，相生相應，俯瞰自身。

信仰或治療？過於沉重的託付

白先勇在《樹猶如此》細數摯友王國祥治療再生不良性貧血的艱辛，起初西醫無起色，中醫有味藥方是犀牛角，作家嘖嘖稱奇，更意外的是王逐漸好轉。病癒多年後，參觀動物園，「那是我第一次真正看到這種神奇的野獸（犀牛），我沒想到近距離觀看，犀牛的體積如此龐大，而且皮之堅厚，似同披甲帶鎧，鼻端一角聳然，如利斧朝天，神態很是威武」。大概因為治療過摯友，他對這看來兇猛的野獸竟有說不出的好感，盤桓良久才離去。

二十多年後，王國祥舊疾復發，隨著保育法令完備，犀牛角在美國已禁售，多方尋找才在一間中藥行問到，懇求半天，夥計才從上鎖的小鐵匣取出，磨些粉賣給他們。然而畢竟非法，白先勇自陳，「有親友生重病，才能體會得到『病急亂投醫』這句話的真諦。當時如果有人告訴我喜馬拉雅山頂上有神醫，我也會攀爬上去乞求仙丹的」。從動物身上找靈藥，這託付，對動物太沉重。靈藥難醫無命人，摯友仍離世，對他是「女媧鍊石也無法彌補的天裂」。

聚焦書寫奢侈品，本已排除最大宗的動物消費——食用肉品，但神豬例外；義民祭的神豬，一直是動保與民俗的拔河比賽，至今未能一面倒。凡見過神豬本體，都很難忘那不似動物的樣貌，飼養過程看似優厚，但過度導致巨胖癡肥，神豬已無法站立，有如膨脹到極致的氣球，不忍卒睹。習俗能持續流傳，原因之一，乃為神豬得獎身價大增，除了數十萬的獎金，更能賣到數百萬鉅款。

難怪神豬得以聽音樂、享受按摩、天熱開冷氣、鋪冰塊，天冷也以熱呼呼暖爐伺候，但這一切尋常豬望塵莫及的待遇，就算贏得了金牌，最終仍迎向陳幸蕙〈神豬的悲劇〉：「黑毛剃成帶狀的豬之屠體，被攤在鑲嵌五彩燈泡的電子花車上，耳掛銅錢、緞帶，頭飾金花、流蘇，滴血的嘴裡銜一只鳳梨或金桔，格外顯得俗豔、殘忍且野蠻！」作家質疑，「以垂死痛苦的畸形豬獻予神明，能傳達什麼宗教虔誠、保什麼平安呢」？在敬神奉獻與資本利益交織之下，豢養者的意念很難被單純看待。

書寫不復馳騁的達達蹄聲、驚駭悲傷的石虎眼神、隱喻多重的毒蛇藥酒……其中的一致性在於，這些動物均已消逝。曾經活躍的生命，如今在世上唯一所餘，零落而非整體。自己的小說《冥核》也曾描繪「蝶粉紙」，刻劃昔日臺灣「蝴蝶王國」的招牌、蝴蝶產業的興盛、以及隱藏的情結糾葛……故事帶入蝶光幻影，是為呼喚童年所見，久久縈繞的標本銘印。

書寫，是為了不忘，是為了揣度牠們說不出口的，以同樣是動物的心底。

那麼這一切不忍，或許可以傳遞下去。

參考書目

白先勇：《樹猶如此》，臺北：聯合文學，二〇〇二年。

向明：〈屠虎〉，《水的回想》，臺北：九歌出版社，一九八八年。

林文義：〈離鄉的石虎〉，《寂靜的航道》，臺北：九歌出版社，一九八六年。

吳鈞堯：〈蛇〉，《聯合報・副刊》，二〇二一年。

東山彰良著，王蘊潔譯：《我殺的人與殺我的人》，臺北：尖端出版，二〇一九年。

洛夫：〈蛇店〉，《洛夫詩精選》，湖北：長江文藝出版社，二〇一四年。

洛夫：〈吃蠶〉，《洛夫詩精選》，湖北：長江文藝出版社，二〇一四年。

陳幸蕙：〈神豬的悲劇〉，出自陳幸蕙主編，《只因牠特別忠厚：動物保護生態關懷文選》，臺北：幼獅文化，二〇一八年。

莫那能：〈百步蛇死了〉，《美麗的稻穗》，臺北：人間出版社，二〇一〇年。

張曉風：〈種種可愛〉，《步下紅毯之後》（新版），臺北：九歌出版社，二〇〇七年。

喻麗清：〈象腳花瓶〉，《蝴蝶樹》，臺北：爾雅出版社，一九八六年。

蔡仙笛：〈人間傳說〉，「雙溪現代文學獎」，第十二屆散文組第一名。

簡媜：〈發燒夜〉，《夢遊書》，臺北：洪範書店，二〇〇七年。

延伸閱讀

達拉．麥克阿納蒂（Dara McAnulty）著，楊雅婷譯：《一位年輕博物學家的日記》，臺北：春山出版，二〇二一年。

歐尼斯特．湯普森．塞頓（Ernest Thompson Seton）著，李雪泓譯：《動物記》（一～四），臺中：晨星出版，二〇〇四年。

派屈克・羅勃茲（Patrick Roberts）著，吳國慶譯：《叢林：關於地球生命與人類文明的大歷史》，臺北：鷹出版，二〇二二年。
帕特里克・斯文森（Patrik Svensson）著，陳佳琳譯：《鰻漫回家路：世界上最神祕的魚，還有我與父親》，臺北：啟明出版，二〇二二年。
李子寧等作：《發現臺灣：重訪臺灣博物學與博物學家的年代》，臺北：國立臺灣博物館，二〇一七年。
黃宗潔：《倫理的臉：當代藝術與華文小說中的動物符號》，臺北：新學林出版，二〇一八年。

且卑且亢，從蚊子到異獸——臺灣現代詩裡的動物隱喻一窺

廖偉棠

說到臺灣現代詩裡出現最多的動物，許多人的答案或許都是：貓。當然，貓是最符合城市裡小確幸式柔腸萬轉的期待的，而不是在臺灣城鄉邊緣更為多見的狗、流浪犬。後者太現實主義，在閱讀期待中更像小說而不像詩。

不過真正的答案也許比狗更現實，乃是：蚊子。如果說狗是現實主義，蚊子就是「超現實主義」——最善於寫動物的商禽所定義的：超級現實主義，陳芳明稱之為：more realistic。因為蚊子的口器，就像臺灣尖銳的現實一樣深深地扎刺在敏感的詩人身上。

另一個生命的吸吮

就從商禽說起好了，他寫的〈蚊子〉是眾多「蚊學」最長的一篇，而且善用了散文詩裡敘事與抒情之間的曖昧性，他秉承魯迅的傳統，把若真若幻的一次與蚊子的戰爭寫得富有尼采主義的悲壯：

> 我所茫然有覺的，竟是一種生命的交易。可惜的是，這種崇高的感覺維持得不太久。當蚊子的腹斑完全消失而成為一種赭紅色，在我深深感覺出來牠的酣暢與沈醉之後，我幾乎可以聽得出來，自己心中的獰笑。

真的，這隻蚊子是醉了，飲人類之血而醉。但當詩人終於捏死了蚊子後，他幡然有所悟：

> 我開始有些後悔：把人類帶有恨意的血去餵養一隻蚊蚋。若是牠再去叮別的人會不會傳播仇恨？若是生養了下一代，那些蚊蚋會不會也帶著恨意叮螫人類？當

然，這些都是很無稽的。最合理的解釋或許是，即使當時我心中曾經一時充滿了恨意，然而經過另一個生命的吸吮，是否便應該化消了？

這裡的蚊子，頓時由最卑鄙底下的寄生蟲，轉變成超渡人類的可悲「我執」的菩薩，並且為著人類犧牲了。

這樣戲劇性的從動物反觀自身，商禽是拿手的。就以他最有名的動物詩來說吧，〈長頸鹿〉裡，長頸鹿其實並沒出現，出現的只有「瞻望歲月」的囚犯，和「仁慈的青年獄卒」。

那個年輕的獄卒發覺囚犯們每次體格檢查時身長的逐月增加都是在脖子之後，他報告典獄長說：「長官，窗子太高了！」而他得到的回答卻是：「不，他們瞻望歲月！」

仁慈的青年獄卒，不識歲月的容顏，不知歲月的籍貫，不明歲月的行蹤；乃夜夜往動物園中，到長頸鹿欄下，去逡巡，去守候。

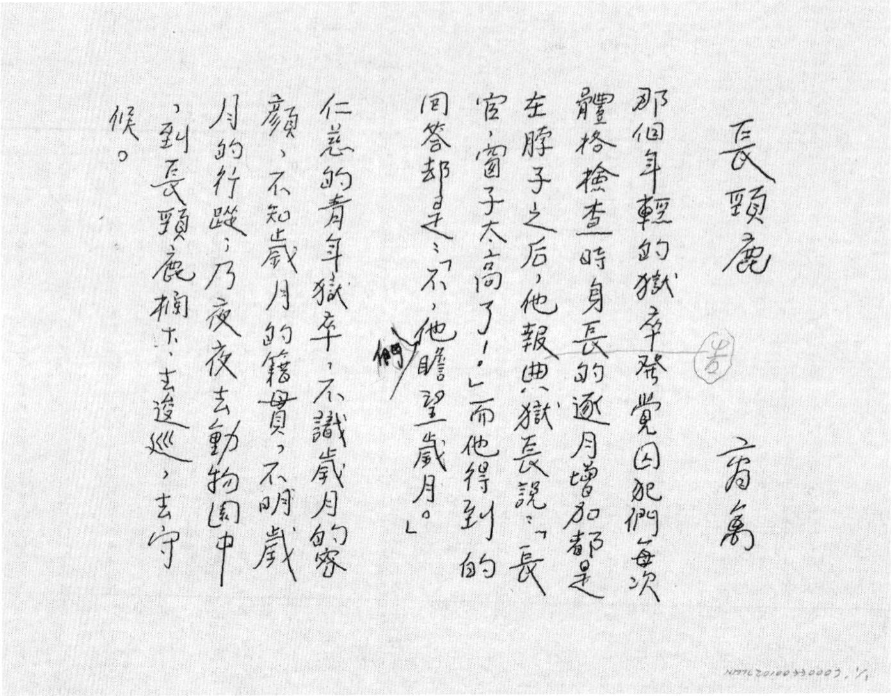

長頸鹿

商禽

那個年輕的獄卒發覺囚犯們每次體格檢查時身長的逐月增加都是在脖子之后，他報典獄長說：「長官，窗子太高了！」而他得到的回答卻是：「不，他們瞻望歲月。」

仁慈的青年獄卒，不識歲月的容顏，不知歲月的籍貫，不明歲月的行蹤；乃夜夜去動物園中，到長頸鹿欄下，去逡巡，去守候。

NMTL20100330007, 1/1

商禽〈長頸鹿〉之手稿，本作收錄於《夢或者黎明及其他》，由書林出版社 1988 年發行。

長頸鹿是一道虛幻的天梯，架在獄卒與囚犯之間，實際上也是架在被現實蚊子所糾纏的肉身和意圖化身有翼生物的靈魂之間的橋樑。而最終得到解脫的說不定是囚犯，他們因為瞻望而明瞭了歲月的深意，甚至成為了長頸鹿本身，繼而可能拯救下一代那些誤為獄卒的青年。

在這樣的大起大落之間，蚊子與長頸鹿之間還存在另一種有翼生物，有翼而不能飛，那就是雞，商禽自名為「禽」所最不欲為的「家禽」，他卻把牠寫出了那個時代中凡人最難超越的尷尬。〈雞〉：

星期天，我坐在公園中靜僻的一角一張缺腿的鐵凳上，享用從速食店買來的午餐。啃著啃著，忽然想起我已經好幾十年沒有聽過雞叫了。

我試圖用那些骨骼拼成一隻能夠呼喚太陽的禽鳥。我找不到聲帶。因為它們已經無須啼叫。工作就是不斷進食，而它們生產它們自己。

在人類製造的日光下
既沒有夢
也沒有黎明

幾乎用不著後來的推理，從詩一開始那張缺腳的鐵凳開始，已經隱喻著凡人如雞在這個功能主義的時代裡的寸步難行。這首詩處處可以指向現實的動物保護——在那個時代還沒有良心飼養這個概念的時候，詩人已經敏感地指出被虐養的肉雞生存的悲慘狀況；而同時，這些人類施加於動物的折磨，實際上也是人類在這個越來越非人性的時代中的自況。

在沉淪與覺悟之間，商禽還寫過火雞這種自矜於「孤陋」的禽類，作為不合時宜、特立獨行的詩人的隱喻：「……蓬著翅羽的火雞很像孔雀……但孔雀仍炫耀它的美——由於寂寞；而火雞則往往是在示威——向著虛無。向虛無示威的火雞，並不懂形而上學。喜歡吃富有葉綠素的蔥尾。談戀愛，而很少同戀人散步。也思想，常常，但都不是我們所能懂的。」

還有鴿子，隱喻著詩人通過文學的戰鬥去自救的命運：「在暈眩的天空中，有一群鴿子飛過：是成單的或是成雙的呢？……在天空中趾翔的說不定是鷹鷲。在失血的天空中，一隻雀鳥也沒有。相互倚靠而抖顫著的，工作過仍要工作，殺戮過終於也要被殺戮的，無辜的手啊，現在，我將你們高舉，我是多麼想——如同放掉一對傷癒的雀鳥一樣——將你們從我雙臂釋放啊！」那個時候的商禽，是不甘於「快樂貧乏症患者」的單面向的。

不足為外人道的徹骨

商禽的同代人裡，周夢蝶和管管因著詩人性格的迥異，把商禽兼容的動物做了一番分拆。孤高的周夢蝶寫過〈詠雀五帖〉，是對狂狷有所不為、但實際上也無可為的自己的剖析。詩中有對世俗碌碌的鄙視：「側著臉／凝視／每天一大早擠公車的朝陽／／邋鞦韆似的／一隻小麻雀／蹲在雞冠花上」也有驚心動魄的覺悟：「（我們同是吃風雨長大的）……（你說：風雨是吃我們長大的）」時代給予我們的滋養別出心裁，殊不知也是我們的犧牲造就了這樣的社會，這當是流離詩人的硬骨頭，撐起著亦卑微亦亢直的雀身。

奢侈啊！除非
除非你不甘的雀魂
自欲滅不滅的雀睫下竄出

一躍而躋身玉山或更高更高於玉山
不可能的極峰而一口吸盡
那芳烈，那不足為外人道的徹骨

何謂「亦卑亦亢」，靈感來自於清末詩人易順鼎自道：「其自視也，若輕而若重；其自命也，忽高而忽卑。」——這若輕若重忽高忽卑，恰是特殊時代裡臺灣詩人的佯狂姿態，均可以從他們選擇書寫的動物意象中找到對應。

放誕不羈者如管管，更像「忽高而忽卑」的易順鼎，在《老鼠表弟》裡，他寫了一篇頹蕩版的〈深淵〉，瘂弦的人類意象被他挪用到鼠的世界重新組合，這隻老鼠是瘂弦名作〈船中之鼠〉的困頓表弟，鼠遂成為人類「下流」的一種可能：

這種月經的脣。溢在你張大牙齒的眼上。你的眼死咬住癌症花柳病。以及在高壓線之上……終於輾斃你躲在陰溝裏的尾巴……你逃進那門饕餮的大腿。在床與金錢地帶……為了機器和愛國你也去搶購賀爾蒙……
砲在啜飲星。啜飲蝙蝠

刺刀在收割麥子。收割野菊
鐵絲網在纏繞蔦蘿割裂風戀愛一匹海色
陣雨過後。只有一匹狗子在欣賞月色
在槍與墳墓地帶。應該贊成子彈。雖然都不夠吉利。

這樣老鼠般的生存夠卑微了吧，但你還是能看見鼠的嚮往：蝙蝠或者狗都是鼠的可能型態，有著牠沒有的自由、以死亡為代價的自由。如此，鼠成為苟活者的象徵，但牠不像〈船中之鼠〉結尾名句：「當然，我們不用管明天的風信旗／今天能夠磨磨牙齒總是好的」的犬儒者那般安然、甘心。

當然，管管也是熱衷於寫蚊子的，尤其他住在自命「邋遢齋」的時候。他的〈蚊子〉比起商禽的冷峻來說狂野得不得了：以卡夫卡式開篇的蚊子故事，漸漸發展到人相食的淒厲，中間混雜著「鷺鷥腿上劈精肉。蚊子腹內刳脂油」這句俗語演繹出來的文學想像，蚊子吃罷全家的血，詩人一家就「吃著蚊子喝酒」——

你知道吧，那時候

吾吃著妻的肉，妻吃著兒子的肉，兒子吃著姊姊的肉，姊姊吃著老爸的肉
吾們一家人互相吃著
每一個人的溫柔……

管管也寫過〈野馬〉這樣的自詡，當那馬「不要鞍！不要韁！不要索！」地「擊大地之鼓」雄壯了一番後，他突然說：「不，我是一隻踏雪尋梅的驢。」便一下子從高亢沉下到世俗的確幸中了。他還寫過好幾篇關於蟬的禪意之詩，無疑代表了他的超我，但總不如〈蚊子〉那個讓人痛哭流涕的本我承受的殘酷動人。

同樣出身軍旅，阮囊也用〈未知梟豹〉與〈蜉蝣如是說〉這兩極的動物來完成管管〈野馬〉與〈蚊子〉這樣兩極的掙扎。〈未知梟豹〉呈現的是絕境武士對「對岸」的拒絕，「未知必然兇於梟，烈於豹／必然荒於絕望之目／誰說風馳獵獵／對岸是一手壞牌」，寫於一九七五年的這首詩，睥睨山雨欲來的政局，把強權的外強中乾以梟豹一類寫出。

相反，比蚊子還要低微短暫的「蜉蝣」是不爭朝夕的遊俠自況：「在一場大雪中，以一柄／黑傘，杯葛白色的優勢／雪的，或種族的」；「非鵬，亦神遊萬里／非

豹，亦傲嘯山林／／至於雪／留給皇天后土吧」最後這一下切割，比上一首的對抗更妙，雪固然是離散者懷鄉之所繫，但它所代表的宏大敘事，已經和詩人的真實境遇無關了。

源自莊子「浮游不知所求，猖狂不知所往」的蜉蝣，是「短命、高潔、盡其樂」的處亂世而獨善其身者的象徵；七〇年代之後，七等生也以詩明志，表露過這種取態，〈日暮的蝙蝠〉、〈一隻單獨的白鷺鷥〉均有此意。從「東方削瘦的廣眾／抬起頭來睹注／日色漸晦中盲的蝙蝠／意義曖昧的穿掠到底為什麼」到「牠是一隻多麼純白的鷺鷥／劃過紅紅大大的太陽的時候／有一個瞬間的黑影／留下了窒息般的印象」，不合時宜者，也是可以警世一下的。

聖獸或者靠妖

動物形象在那一代之後的猛然翻身，以致高亢到絕境的，乃是要到八〇年代的林燿德橫空出世。林燿德的自我期許甚高，凡俗之物不入其法眼，於是我們在他的成名詩集《銀碗盛雪》裡看到的動物是〈聖獸考〉裡這樣以舌為主要器官、象徵了慾望之狂暴和虛無的兩面的不知名動物：「我張開嘴／無數的舌苗已經叢生在被切斷的舌根上／和不斷吹入口腔的沙粒們爭辯、爭辯、再爭辯／（一隻聖獸浮出海洋，舔舐著陸地的傷口：／牠舌尖所及之處，便湧現濃稠的乳液……）」

但更讓人震驚的是〈北極變〉，寫的明明是貌似極低等的腕足類動物，但林燿德給牠們賦予一個《羅密歐與茱麗葉》一般的史詩級愛情頌歌，最後物種跨越變成人類，但依然帶著創造的黑暗：

當最後一線光明失落
杜醒啞，我最最敬愛的夫君：我已經
尋獲，尋獲你的人身
噢，你令我酣醉的肉體：黑暗中你自
　蠕形的軀幹伸出頭
　顱與四肢，伸出紫
　色微捲的頭髮……

無可否認，林燿德這樣帶著科幻文學意味的動物書寫，和他小說裡的「奧瑪蝶」、「伊蓮蟲」相呼應，隱藏的是尼采的超人的變形。「牠們」更接近美國詩人畢曉普所書寫的「人蛾」或者日本特攝片傳統的幪面超人……當中是有猥瑣、狂歡和邪典意味的。

但林燿德身上畢竟有太多浪漫文學英雄主義的殘餘，對動物與人之間那種神祕主義關連的猛烈解構，還是要交給他之後的詩歌革命者，比如說唐捐。

唐捐也鍾情於節肢動物，但更在地和日常。他有詩集直接命名《蚱哭蜢笑王子面》，裡面有〈我的蚱蜢〉、〈蚱蜢小情詩〉與〈三隻蚊子和被牠們叮的人〉等。最有趣的〈蚱蜢小情詩〉源自《詩經》與《易經》的四字隱語傳統，秉「多識草木鳥獸之名」之教而戲謔之，實際上在拆解日常情話的濫調，然而當這些濫調寄居在多被視作無情的動物身上時，又似乎帶有不少溫婉悲憫：

你蚱來時，我心正蜢。
山有些麒，湖有些麟，
愛的胸螳，卡住一螂。

白薔黑薇，似燦實爛。
笑蚯哭蚓，狼徘羊徊。
……
天作之蛤，地設之蜊。
蜘纏蛛綿，垃天圾人。

麒麟這樣的高端異獸和蚯蚓蛤蜊共治一爐，唐捐眼中物之卑亢其實已泯滅界限。

在〈三隻蚊子和被牠們叮的人〉更直接把這種泯滅的力度推到虛擬社交時代中，從蚊子的角度去調侃人類的存在之虛妄：

我以 1.8km/hr 的飛行速度靠近他
——我族共同放牧的
血獸，一種幼稚而危險的活物
……
他起身，揮舞一種帶電的兇器

（我在暗處抹嘴，嘻嘻，整理翅膀）

乃悻悻然扭開

嬰兒肥的枱燈，攤開一張稿紙

寫下：「我在……」

但很快又掉進facebook

在「異形」的粉絲專頁按下讚

且答了一個問題：「在最寂寞的星球最苦悶的年代最快樂的事情是什麼？」

他選了「靠妖」。

這裡面的「他」是唐捐之本人，他按讚「異形」、選擇靠妖（雙關語：靠近妖物），看來也頗有林燿德之野心，但在全知上帝視覺的蚊子眼中，他不過是被神祕意志放牧的血液供給獸而已——人與動物的關係終於被猛然顛覆，我們得見此真相，方可不卑不亢，承認這個世界並非只供「萬物之靈」驅使。

參考書目

阮囊：《蜉蝣如是說：阮囊詩文集》，臺北：文訊雜誌社，二〇二一年。
周夢蝶：《約會》，臺北：九歌出版社，二〇〇二年。
唐捐：《蚱哭蜢笑王子面》，臺北：蜃樓出版社，二〇二一年。
商禽：《商禽詩全集》，臺北：印刻出版，二〇〇九年。
管管：《管管詩選》，臺北：洪範書店，一九八六年。

延伸閱讀

七等生：《情與詩》，臺北：遠景出版社，一九七七年。
廖偉棠：《玫瑰是沒有理由的開放：走近現代詩的40條小徑》，臺北：新經典文化，二〇二一年。

他山之石

從「雨林」到「動物」：馬華文學中「反抗」的自然

呂樾

說到馬華文學中的「自然」，不管是自然環境或是飛禽走獸，第一個掠過臺灣讀者腦海的，恐怕是炙熱、張狂又野性的熱帶雨林吧！鍾怡雯曾指出，砂華文學中的「雨林書寫」往往沒有「提供鉅細靡遺的物種細節」，充滿各種「想當然爾的書寫方式」，但她也認為這樣的行文範式反而更加拓展了自然書寫的可能性，並成為馬華文學重要的特色之一。

確實，在馬華文學中，人與各式動、植物的互動不只是書中角色的日常生活，更是文學敘事的一部分。張貴興的《猴杯》是其中頗具代表性的作品，書中那龐大、潮溼又不見盡頭的雨林中，人們因生存、繁衍的慾望而與各式植被、蟲魚鳥獸、山川水文彼此交疊。這座雨林不只見證了當地居民生活的艱辛，更直接的呈現了墾殖暴力、殺戮、慾望的人性與歷史現場。

但馬華文學可不限於「雨林」一家，馬華文學中的「動物」書寫亦多且精。其中最接近「客觀寫實」的，恐怕是楊藝雄在《星洲日報．星雲副刊》上連載的婆羅洲獵奇，其中的「野豬傳奇」系列記錄了雨林中「獵人－野豬－果實」環環相扣的爭鬥現場，對野豬而言，為了生存必須拓展領地；獵人則為了生計而必須伏擊野豬。楊藝雄更寫實的描繪了獵人從圍捕、開槍到浸水的獵豬策略，展現了婆羅洲的萬物們為了繁衍的奮力一搏。

讓我們遠離「肉體」的生存之戰，來到「內心」的纏繞糾葛。鍾怡雯《麻雀樹》中多以「比擬」入文，在她筆下麻雀幼鳥圓頭圓身，頗有「嬰兒肥」姿態，吃東西時亢奮的神情像是「老在震動的小馬達」，因而被她稱為「小抖」。但是，在後文中我們可以發現，被砍倒的樹及四散的麻雀們，亦隱含著鍾怡雯因母親去世而徬徨的隱喻，只有待小葉欖仁掙扎冒出新枝，重新吸引麻雀到來，才能拾回「日常」的重量，本文可說是對於已逝母親的紀念。

說到母親，不得不提馬尼尼為描寫家庭生活的《沒有大路》。全書大量的句點與決絕的用詞不只標誌出她對母親，以及自己母親身分的憤怒，更是對於母親的身影與自身生命逐漸重疊的不耐與恐慌。在這之中，只有三花貓「美美」成為馬尼尼為暫時逃離的出口。不只是吸貓的快樂，馬尼尼為更寫到自己是「抱著貓對抗母親。」像貓一般地活著，也同時是對於家庭與婚姻生活的抗爭。

從「雨林」到「動物」，整體來說，馬華文學中的「自然」在文學表達上頗有「反抗」的意味，不只是與人類對立搏鬥的抗爭，也同時承載了人們破碎的內心偕同反抗生活本身的特質。從中，讀者們或可藉此一窺馬華文學中極具生命力的「自然」表達。

Chapter4

第四章

動物作為主體：生態意識，行動關懷

不只人，動物也會痛苦：當代臺灣自然與動物書寫

蕭義玲

上世紀的八〇年代，是臺灣已然為資本主義價值觀的現代社會，也是本土意識抬頭下，對環境生態有所關注與報導的年代。在媒體與出版社倡導下，一批寫作者如韓寒、馬以工、王家祥、劉克襄、洪素麗……等，將寫作焦點從人所屬的社會，轉向長期被忽略的山林沼澤綠林野地等自然環境，進行了即時性與報導性書寫。它們起初被多樣性地稱為「環保文學」、「自然生態文學」、「環境文學」、「自然主義文學」、「土地文學」……等等，後獲得統稱性的命名：「自然寫作」或「自然書寫」（Nature writing）。至九〇年代，因為「自然寫作／自然書寫」已被命名為一種新文類，且以某些書寫質素的強調，如科學知識、親臨現場的非虛構性、對環境生態的關

注等等，開始成為臺灣文學中一支以生態視角來展現時代精神的新興文類，而為臺灣文壇所關注。

紀實與虛構：自然的多重涵義，書寫的多重能力

文學本來就無法脫離時代，特別是「自然寫作／自然書寫」是一個從生態視角來觀察、介入並再現現代生活的新興文類，它與臺灣的社會、政治與經濟狀況皆息息相關。因此即使已有「自然寫作／自然書寫」的定名，但隨著時代變遷，從九〇年代以迄新世紀的當代，因應著社會結構的改變，對生態問題敏感的寫作者，仍會不斷以當下時空的條件，帶來更多重書寫光譜。而在書寫手法上，書寫者除了要真正參與到現場，而須具備紀實的能力外，為了深入土地表象下的自然生態之內蘊，也需要釋放情感與想像力，來捕捉自然為書寫者開顯的蘊意，因此如何雜揉知性與感性，從文類定名之初直到此刻，一直都是這個文類的最大挑戰。如徐仁修在探訪野百合後寫道：

和野百合越來越接近，也愈相熟，最後我感覺到我被接納了，我不再是陌生人，不再是闖入者，我是應邀前來的貴賓，我是來實踐許久許久前訂下的約會。（《自然四記》）

而吳明益寫作蝴蝶的視角：

我相信只有美才能詮釋美，這是自然寫作與其它科普書寫不同的微妙基因。人類必須以某種不可言說的天賦，去回應其他生命的奔走與生死，以避免自己只生存在一個充滿各式各樣精密機械的人造世界。（《蝶道》）

至於「海洋」啟示廖鴻基的則是：

海洋淼淼，可是離開人世現實容許漂泊的場所？聽著濤聲，常覺得海洋有什麼話、什麼答案想告訴我。海洋和我之間，像是存在著更深沉、更幽祕的關連。這些想法，讓我對海洋始終感到好奇。（《腳跡船痕》）

可見「自然」除了指向寫作者實地走訪的土地（如山林、海洋、溪流與野地……等），以及土地上的生物（如昆蟲、飛鳥、游魚……等）外；也指寫作者在參與自然、置入自然的過程中，透過人與物的交相感應，生命被觸動、被打開的那一刻。而人、土地，以及土地上種種生物的相互看見，彼此的召喚、聆聽與回應，便是生態意識的基礎與依據。

透過以上敘述，我們可以對「自然寫作」的「自然」，進行較為深入的闡述。如果嘗試以一種動態的描述，來為「自然」進行描述與定義，可以說，「自然」便是：一個從人對自己是「不自然」狀態的自覺（社會學的用語則是「異化」），到產生「回返自然」的意願以及行動的歷程。而這個歷程所以具有重要價值，是因為現代資本主義價值觀已為現代人安上一對「人類中心主義」之眼，且致力於以金錢來代換所有的東西，卻不知對土地、生物的無感，正為世界建造出「不自然」國度，讓人類自身，以及土地上的種種生物，都付出巨大代價。

因此，如果「自然寫作／自然書寫」中的「自然」，指的是以一條重返自然之路，顯然這條路是建立在人的「走向自然、置入自然、回應自然召喚、到成為自然一分子」的旅途中。因此可以把「自然寫作／自然書寫」視為是在這條回返自然之路的種種體驗之書寫了。

動物會痛苦嗎？‥突圍「人類中心主義」的視角

上世紀八〇年代迄今，隨著時代的快速變動、網路虛擬時空的衝擊，人如何真實地產生土地意識，並能與土地上的生物互動，已成為更重要的問題。而「自然書寫／自然寫作」既然是一個具有質疑、拮抗與反思資本主義價值觀的行動性文類，也必要展現出與時俱進的時代精神。隨著生態意識的抬頭，有更多的寫作者加入了書寫隊伍，他／她們除了從既有的「自然書寫／自然寫作」獲得參照座標外；更多元知識背景的加入（如人類學、文化、政治、歷史乃至宗教學）以及融紀實與虛構的書寫手法，更使既有的「自然寫作／自然書寫」文類產生出不可忽略的書寫活力。在文類的發展軌跡中，十分值得關注的是「動物書寫」（尤其是「動物小說」），因為動物與人一樣，是一個能充分展現生命意志，具有鮮明形象的生物個體，但也因此成為寫作的考驗：在鎔鑄科學與歷史等知識背景的同時，也必須以文學的感染力來打動讀者。

從動物書寫的發展歷程來看，九〇年代以降，已有許多開啟生態視角的動物書寫者，最被注目者，如廖鴻基《鯨生鯨世》的鯨豚書寫；劉克襄《風鳥皮諾查》、《永遠的信天翁》的鳥類書寫等等；新世紀以降，自然寫作者更共同面臨「如何從二十一世紀的時代脈動，去書寫人與自然的生態關係」問題。除了以上書寫者的繼續深化耕耘外，亦有老將新兵，以散文或小說，讓更多動物在其筆下現形。如劉克襄的《野狗之丘》、王家祥臉書上的流浪狗、李伍勳《海穹英雌傳》中的科幻海洋遊牧民族、朱天心《那貓那人那城》與隱匿《貓隱書店》中的社區浪貓；而吳明益的《苦雨之地》亦有一隻被公開肢解的孟加拉虎；徐振輔的《馴羊記》則遠及西藏尋找雪豹……等等。

然而不管是怎樣的動物現形於書寫者筆下，動物背後，都有一個值得反思的生態現場：當一隻（或一群）動物在作者筆下生動現身，動物賴以生存的土地景況，以及對土地施以支配力量的人類，也將隨之浮現。特別是當牠們帶著饑餓、惶然或痛苦的身姿現身，乃至拖帶著可能的滅種、消亡之命運陰影，那個從動物發出的質問力量是很巨大的。因為地球不僅是人類的，也是人類與其他生物共有的。動物的生存鏡照的是一整個社會價值觀，以及這套價值觀下，一個個土地上的人類個體慾望。

也正是在這裡，一個重要的生態現象被揭露出來：不只人類，動物也有感受，也會痛苦。既然如此，那麼——動物為何受苦？以下不妨由廖鴻基的鯨豚書寫，來看這一條由動物的受苦，所展現的生態書寫軌跡，以及內蘊的時代寓意。

以廖鴻基的動物書寫為例：海洋、鯨豚與人

廖鴻基自一九九六年以《討海人》發跡於文壇至今，不斷以親臨海洋現場，聆聽與回應海洋的書寫，為臺灣文壇開創出以「海洋」這方領土為對象的海洋書寫。而在如海洋拍岸綿續不絕的書寫中，生存於海洋中的「鯨豚」是極為重要的一環。廖鴻基曾在《鯨生鯨世》道：「鯨豚」是帶引他不斷航向海洋、想像海洋，且書寫海洋的橋樑。然而「鯨豚」是在怎樣的時空脈絡下，進入了廖鴻基的海洋書寫？

從海洋歷程來看，廖鴻基首先是一位道道地地的討海人，然後才開啟了下一段記錄、書寫鯨豚的海洋歷程與經驗；而所以成為一位討海人，又因為遭逢了陸地上無路可走的困絕處境，因此從陸地逃入海洋。成為一位討海人，對廖鴻基而言，不僅是工作軌道的轉換，也包含重新獲得立足之地的需要。而海洋，便如生命的活水源頭，在一次次的出航與返航中，為廖鴻基打開了視角局限，重新賦予新生的機會。隨著愈來愈具備航入海洋的能力，廖鴻基也同時看到這方原本生機盎然的海洋，在種種人為

干預與過度捕撈下，日愈顯露黯淡之跡，而「鯨豚」，這種作為海洋最高層消費者的哺乳動物的生存景況，正如海洋使者，在廖鴻基與海洋之間架構生態的橋樑。特別的是，在成為討海人之前，「鯨豚」早以一種特殊形象，進入了廖鴻基的眼中心中。

《漏網新魚》中，廖鴻基提到兩次與海豚的接觸，一次是在高中畢業不久，搭花蓮輪回花蓮過程：「船前來了一群海豚，像是領著船，也像是為了告知船上乘客們，花蓮港到了。」這是廖鴻基與海豚的初遇，活潑潑跳躍著的海豚，便如「回家」的領航者。第二次則是廖鴻基進入職場之後，一次逛漁市場時，看到一群躺在溼淋淋水泥地等待拍賣後被屠宰的海豚，與死亡照面的剎那，復又回憶起花蓮輪上，那次海豚引領回家的美好記憶。還有一次是成為討海人後，在花蓮海岸又看到擱淺而死的小虎鯨，在鯨豚與人的相互隱喻中，廖鴻基從鯨豚身上的「由生向死」痛苦，聽到了「由死向生」的渴望，我們可將它視為鯨豚生態意識發萌一刻，從意念到行動，廖鴻基遂召集了幾位同伴組成「尋鯨小組」，進行花蓮海域的鯨豚生態調查，第一部作品即是：《鯨生鯨世》。

與鯨：生命應近於美學的激動

《鯨生鯨世》是一本以親臨海洋現場，在一段時間（兩個月又十一天）的三十個工作航次中，對花蓮海域的八種鯨豚之紀錄。如〈啟程〉所道：「儘管出海不再是為了捕魚，但我們兩個討海人有自信比鯨類專家更有能力發現鯨豚。」本書除了智性客觀地記錄鯨豚外，廖鴻基更將書寫視角著意於：人如何發現／看見鯨豚？以及看見／發現鯨豚後，人與鯨豚的種種接觸之互動情狀。也就是說，廖鴻基是透過「人－鯨豚－海洋」的動態關係，來描繪與再現鯨豚的，因為文學感染力的發揮，遂使本書的生態意識易於為讀者接受。

《鯨生鯨世》意圖突圍「人類中心主義」的方法是「在場」，也就是融入海，與海豚建立互動關係，從而發現鯨豚與自己。因此鯨豚形影的生動躍出，常常也帶出書寫者的充沛情感。廖鴻基為八種鯨豚賦予特殊形象，如五隻瓶鼻海豚被描繪為：「像五條鏽紅色絲巾在水面下御風飄搖……我覺得是五匹駿馬在船頭拉車開路」，並以其個性形容為：「像是血氣方剛的青少年狂飆族，牠們四處擾攘，四處沾惹生事。」（〈奶油鼻子——瓶鼻海豚〉）；而對弗氏海豚之印象為：「像一群無助的羔羊」，然而當牠們整群躍起，又形容為：「那是含藏著無限動力的一團爆炸水花。」（〈迷途羔羊——弗氏海豚〉）；又如與花紋海豚的一瞬相會，是看見鯨豚也是重新發現自己的一刻：

> 牠們的尾鰭朝向我，緩緩優雅的上下擺動。牠們的擺尾弧度很大，遠超過我所認為的。飄搖光絲落在牠們身上，斑弄出顫舞的光網。很安靜，藍色煙靄瀰漫著沉靜，只有牠們那尾柄悠然自在地緩緩潑水，像是在指揮著一首柔滑的小夜曲……那是大幅的、立體的、美麗的，我是溶在牠的世界裡看牠。

不是冷冰冰，而是一幅有情有感的生態圖。美，以靈魂的悸動被召喚出來，與海潮與花紋海豚構組為一幅詩意畫面。鯨豚與人共在海洋之中，而海有多深，已然隱含著生命有多深的提問。如此的生態視角，也為廖鴻基其後的鯨豚書寫奠定了書寫風格。

《鯨生鯨世》開啟鯨豚書寫後，隨著臺灣社會的急遽現代化，廖鴻基在「文明／技術」與「自然／生態」的兩端之間，對鯨豚生態有了更多重且深入的反思。由寫作背景來看，廖鴻基仍繼續進行多方的海洋參與，如籌辦賞鯨船、擔任導覽、舉辦繞

鬼頭刀體色亮麗，泳速快捷。（廖鴻基攝）

弗氏海豚時常成群結隊在海面上敲鑼打鼓。（廖鴻基攝）

島活動、到墾丁調查鯨豚、擔任屏東海生館駐館作家，以及黑潮無動力舟筏漂流、鯨豚報導等等。而《鯨生鯨世》後，隨著海洋與生命歷程的日愈深入，又出版《海洋遊俠》、《後山鯨書》、《南方以南：海生館駐館筆記》以及《遇見花小香》……等作，顯現對現代技術文明反思愈深，也對鯨豚看見愈多的奧祕。如《遇見花小香》寫到一頭每年自太平洋游經臺灣東部深邃黑潮，專門來與陸地的人打招呼的「少年抹香鯨：花小香」，那真真實實的遊蹤，直接進入了廖鴻基的筆下，如〈自序・中秋〉道：

我曉得，花小香將開始帶領我的眼、帶領我的心遨遊於開闊深邃的太平洋深海。透過我的眼，也許牠將更了解這座島嶼；我也將經由牠的眼，重新看見太平洋。

太平洋、島嶼、少年花小香、書寫者廖鴻基，以及作為讀者的我們，在這一刻都彼此遇見且看見了。因為自然不斷以鯨豚顯現奧祕，書寫與閱讀，還在繼續中。

不只是文類而已……

從實際寫作現象來看，不論是「自然書寫」或「動物書寫」，很少有書寫者是為了服膺文類的定義而寫作的，因此與其說是新文類的定義催生了作家的寫作，不如說是一種生態意識的覺醒：試圖突破「資本主義價值觀」、「人類中心主義」的價值框架，重新看見世界的全貌，且注意到土地，以及土地上的人類之外，尚有許多與我們共存的生物。特別是雜揉紀實與虛構的「動物書寫」，既是「自然書寫」隊伍中的一支，在必須釋放想像力，且生動寫出動物形象的書寫條件下，更具有自己的獨立風貌。

由此看來，不論是「自然寫作／自然書寫」或「動物書寫」，當我們透過閱讀進入了一個個生態現場，且做出「世界／宇宙的構成是什麼？什麼才是更理想的生存？」發問時，生態意識也隨之被啟蒙並打開了。而作為臺灣文學的一種創作，它們都不僅是文類而已，更是從美學、社會學乃至政治學來探問時代意義的一種重要參與。

參考書目

朱天心：《那貓那人那城》，臺北：印刻文學，二〇二〇年。
徐振輔：《馴羊記》，臺北：時報出版，二〇二一年。
廖鴻基：《鯨生鯨世》，臺中：晨星出版，一九九七年。
廖鴻基：《後山鯨書》，臺北：聯合文學，二〇〇八年。
廖鴻基：《遇見花小香》，臺北：有鹿文化，二〇一九年。
劉克襄：《風鳥皮諾查》，臺北：遠流出版，一九九一年。

延伸閱讀

李育霖：《擬造新地球：當代臺灣自然書寫》，臺北：臺大出版中心，二〇一五年。
黃宗慧、黃宗潔：《就算牠沒有臉：在人類世思考動物倫理與生命教育的十二道難題》，臺北：麥田出版，二〇二一年。
黃宗潔：《牠鄉何處？城市・動物與文學》，臺北：新學林出版，二〇一七年。

黃宗潔：《倫理的臉：當代藝術與華文小說中的動物符號》，臺北：新學林出版，二〇一八年。
黃宗慧：《以動物為鏡：12堂人與動物關係的生命思辨課》，臺北：啟動文化，二〇一八年。
蕭義玲：〈鯨豚．返家與宗教性探求——廖鴻基海洋歷程下的鯨豚書寫與文化意義〉，《中央大學人文學報》，第五十二期，二〇一二年。

共生的時空：城市、人與動物

范宜如

城市具有豐富的生物多樣性。快速變遷的環境下，動物隨著社會網絡的變動，因而與人的生活緊密扣連，形塑新的城市景觀。動物在城市處於怎樣的位置？人們如何觀看動物、理解動物；乃至於透過動物，人有怎樣的生存反思？如果我們以城市作為觀看人與動物關係的脈絡，以多重的角度審視在城市空間之中人與動物的關係，可以看見許多豐富面向。從對於動物的棄置與傷害、漠視與迴避；到護守與關愛，進而與動物共好的療癒對話。當然，以城市空間作為劃分，會有其模糊與思辨的界線，或以旁觀的位置，思索動物與自身存在；或是透過主從位置的翻轉，反思都市文明與動物自然之間的疆界。其間蘊藏的倫理思辨與自我思索，映現了城市的人文感受，也賦予一座城市強悍而美麗的「生命能量」。

生命的測量

曾經，對某些人而言，野狗街貓被視為「踰越文明與自然、公共與私人界線的動物」，牠們沒有待在自己分配到的「空間」，被視為多餘或是廢棄物。如朱天心所述，在日常的艱險，強颱、鞭炮陣之外，更多的是人族的惡意、無知。「居民無法忍受時便以最方便殘忍的方式毒殺，無差別的放毒，往往連已被絕育和照養的浪犬也一起遭殃」。

房慧真在〈身居地獄但求杯水〉所述：「我總是回到這個『進步』世界裡，才能察覺到人類極大的惡意。」她發現住家旁邊鐵皮屋頂上，已經被結紮的一公二母的流浪貓，在鄰人有意地將唯一出入口用鐵絲密密封閉後無法再登上屋頂，不知去向。感嘆在「中產階級乾淨品味的城市中」，卻無貓狗容身之處。她只希望：「遭逢牠們的人能夠了解，炎炎夏日身居地獄但求杯水，微小的生存權利如此而已。」與朱天心〈一個小水罐〉：「可以容得那樣一個水罐和人心的城市，是我願意留下存活的地方」，都點出了街貓生存的困境。

駱以軍書寫他在新屋流浪動物收容所的經歷：「那個狗舍當然關滿了一籠一籠的

狗。被遺棄的狗。將要被注射毒液死去然後焚燒成灰的狗。狗群們騷動著、嗚咽著。其實在進來之前腦裡已浮現過這屋裡的景象，事實上差異不大，像電影裡穿過死囚監獄的窄走道，兩旁是一條條不鏽鋼豎立鐵條反光的一種分割感。」這篇〈路的盡頭〉觸及人類所創造出的「收養」與「遺棄」、「修復」和「傷害」的臨界暗影，生之艱難。

朱天文曾以「貓盲」形容某社區居民抱怨停車場很多貓的現象：「很多貓，大概無非兩三隻（貓有地盤，會自然形成貓口密度合宜的聚落。）不會看貓的，也把出現在不同時間不同地點的同一隻貓，誤認為好幾隻貓。」而貓犬究竟如何增生？與城市的發展也有關連。

朱天心在〈最好的時光〉寫著：「那時候，土地尚未被當商品炒作，有大量的閑置空間、荒草地、空屋廢墟、郊區的更就是村旁一座有零星墳墓和菜地的無名丘陵……」寫及過去他們辛亥家居的貓狗成群，是因為父母親很自然地讓貓成為家庭的一部分，一方面附近都有山林，二方面，那是一種生活的態度。朱天文〈在火場裡繡花〉則是：「永遠是，工寮有狗，房子蓋完工寮撤，留下狗和小狗，吾家眾犬便是這樣源源不絕增多的。」當土地成為價格，一個個的建案聳立，流浪動物沒有棲足之地，而工寮又「生」出更多的流浪動物。從貓狗在城市的藏身與錯身，可以看到城市

上圖：文學朱家其實也是動物朱家，朱家姊妹傳承自父母的，不只對文學的愛，也包括了對動物的愛。下圖：作家胡品清，亦是愛貓之人。

的變遷，同時也映現了城市地景的變化。

在此城，有人視動物為草芥如垃圾，即便二〇〇六年開始，臺北市政府實施「街貓TNR計畫」以捕捉T（Trap），帶去動物醫院結紮N（Neuter），公貓以剪左耳尖、母貓右耳尖為記、放回原處R（Return），仍有許多社區居民不能包容「異類」的存在。隱匿曾書寫自己對待街貓的變化：

第一階段，我反對為街貓做TNR（捕捉、結紮、放回）。我以為自己不應介入太多，只需供應食物和水，讓街貓的日子過得好一點，這樣就夠了。我喜歡看著牠們自由來去、發情、繁殖，認為這才是貓的天性。

第二階段，我義無反顧加入街貓TNR的行列，因為我餵養的街貓數量太多，討厭貓的鄰居已開始做出對貓不利的事了。直到這時我才願意面對現實，知道街貓是不可能獨立於人類社會而存在的。儘管結紮街貓是違反自然的，把街貓的耳朵剪去一角是殘忍的，但是，相對於世界的暴戾與殘缺，街貓殘缺的耳朵，或許反而成了完美的表徵？因為那個記號代表了：這隻街貓背後存在著一個愛牠的人。

這段敘述也寫出人與動物在城市互動的面貌。如何介入？怎樣互動？尊重也理解彼此的存在，會是艱難的選擇嗎？

朱天心曾說：「貓吾貓以及（無）人之貓」，「在生命有限的和人的接觸中，至少，至少有那麼一次，是溫暖的，和善的」。她在《獵人們》、《那貓那人那城》兩本書勾勒了「貓族」的靈動形貌，街貓作為一個獨立自在的主體，在人類支配的環境尋找空隙，爭取一份存活的空間。即便「擔心和遺憾是生活裡的常數」，總看見「一隻隻不會說話的貓，在那寬闊無際的滔滔時間大河角落信賴凝望你的身影」。這種「相逢」而不是「占有」的情感互動與流轉，開啟了城市的文明視野。

城市的快速發展下，由於對人際的疏離，隱藏在冷漠之下的可能是敵意。面對日常生活的現實，拒斥或粗暴對待街巷之中「不得其所」的流浪動物，形成與社會議題交織的生命故事。如韓麗珠在《黑日》所述：「我想起二〇一四年，流浪狗『未雪』誤闖上水的地鐵路軌，職員發現了牠，走進路軌嘗試驅趕，但狗受了驚，沒有離去，不足一分鐘後，列車把牠當作物件般，在牠身上輾過，把牠從活物輾成肉醬。那一年，譴責港鐵處理流浪狗的人，被嘲諷對動物有著太多不必要的愛。其實，一個城市的政策如何對待動物，反映了政府終於會如何對待人民。」對城市中的流浪動物之觀

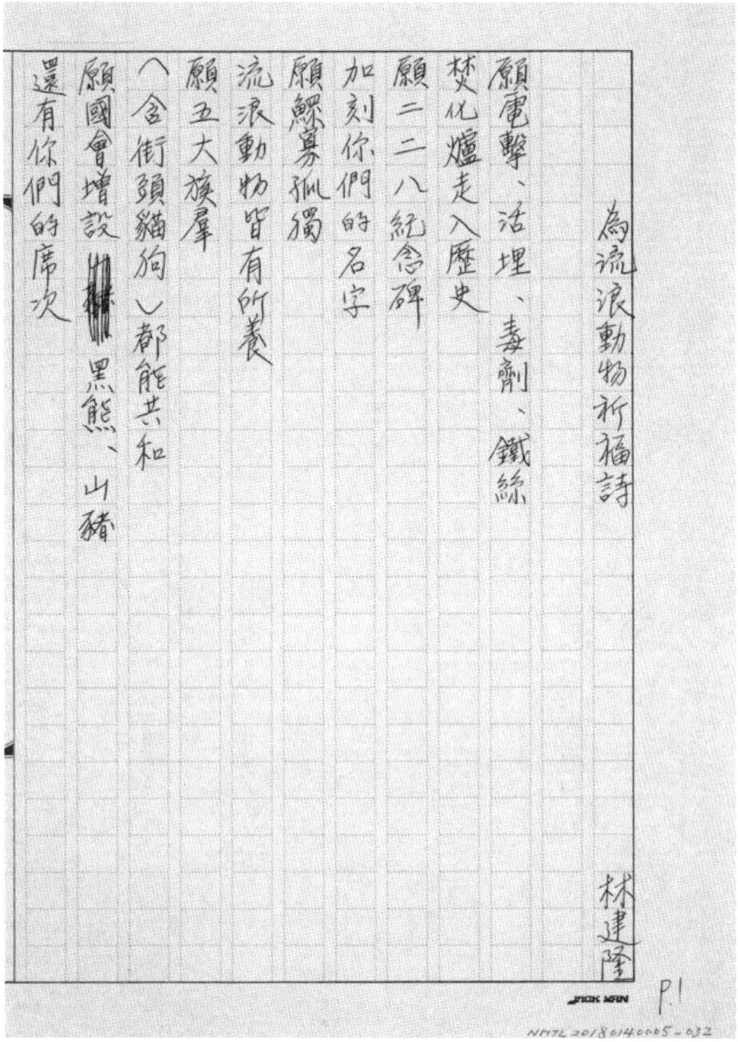
為流浪動物祈福詩

願電擊、活埋、毒劑、鐵絲
焚化爐走入歷史
願二二八紀念碑
加刻你們的名字
願鰥寡孤獨
流浪動物皆有所養
願五大族羣
（含街頭貓狗）都能共和
願國會增設黑熊、山豬
還有你們的席次

林建隆

P.1

NMTL20180140005-032

作家林建隆 1995 年的詩作〈為流浪動物祈福詩〉，呈現當時城市中流浪動物的處境。此詩收錄於《林建隆詩集》，圖為林建隆手稿。

看與對待，扣合著城市的發展。同理心，也經常面臨「無理／無禮」的挑戰，如何對待星球間每個獨立的生命個體，為地球留下豐沛的生命物種。不只是臉書上收養動物訊息的轉貼，還有街巷之間相遇的對望與凝視。

理解的距離

從動物的名稱轉換，可以看出城市人對待動物的質變。一九九八年動保法通過，動保法內明文寫著：「供玩賞、伴侶之目的而飼養或管領之犬貓。」朱天文自言對「寵物」一詞有著「忍受此詞觀念之陳舊已臻歧視語的地步」——寵物，令人想到寵妾、得寵、失寵。而蔣勳則說：「『寵物』，我提醒自己，『寵』不是『囚禁』。」有怎樣的提醒，就表示人們曾經有怎樣的作為，失寵、囚禁乃至於遺棄是有可能的。

一如林燿德在〈貓與布貓〉以戲謔反諷的語調，書寫貓與布貓之間的歧異，關於繁殖、聲響、撒嬌以及丟棄之輕易與否。黃凡在〈貓之猜想〉也有：「人類關懷動物是有選擇性的，漂亮的、稀奇的、有名的，總是受人青睞。反之則無人理睬。」當「視覺系」的寵「物」，與毛小孩、家人，處於不同端點的光譜，而涉及生命的照護，則是一種倫理感受與責任。

如何感受動物與空間的關係，又如何認知動物與自己的關係？林燿德〈寵物K〉文中透過觀看視角的切換，從寵物（烏龜）的角度觀視，「在K的眼中，我永遠只是一群零碎的器官，一些被界定空間解析的拼圖：巨大並且善溜動的眼球、溼潤而富血色的唇、清晰的新萌鬍根……我的臉被切割成一頁頁展讀」。當他發現寵物（烏龜）也在試圖豢養自己的寵物，那麼這其中主客之關連，值得深思。此外，包子逸〈鴿子〉看見城市人的多重鏡像，野鴿被討厭牠們的人稱之為「長了翅膀的鼠輩」（rats with wings），於是牠們和流浪犬貓一般，成為都市邊緣尷尬而不受歡迎的存在。文中的阿桂一方面擔心鴿子是否帶來病菌，試圖驅逐鴿子；另一方面試圖找出照顧鴿子的方式，又救援跌落的小鴿。

城市空間是否有動物容身之處？這種衝突與矛盾也呈現了城市中人與動物之間的複雜糾結。一如蔣勳曾書寫自己面對流浪貓的遲疑與踟躕：「我沒有取名字，我猶豫著，我判斷她不是流浪貓，如果三級警戒結束，我要回臺北，我也不希望她失去了在田野間逍遙的自由……如果取了名字，有隸屬關係，彼此都有牽絆，我還不習慣『寵物』的關係，牠來去自由，三級警戒以後我離開，沒有牽腸掛肚的捨得捨不得，我也來去自由。」

命名的確是人與動物之間關係的隸屬與肯認，《那貓那人那城》中，已經離去的貓的名字是群組名稱，成為永恆的記憶；隱匿則寫著：「為初見的貓咪命名，是一種建立關係的方式……苦苦思索，根據牠的特徵和個性，在喜愛的字詞中挑揀，終於，一個名字，從空無中誕生，一頂金色的頭箍，被放在孫悟空的頭上。從此，命名者和被命名者，都和以往不同了，這是一種許諾，也是互相擁有。」吳明益在《浮光．我將是你的鏡子》也提及為夜市巷口的黑貓命名為「Nocturne」（夜曲）。命名是一種小規模的創造。從林燿德對於「擁有」的思索，到包子逸對於「不擁有」的矛盾；從蔣勳徘徊於「擁有」與自由之間的空間想像，以及朱天心、隱匿對於「命名」的互動理解，創造人貓相迎，「貓土貓民」的城市風景是有可能的。

日常的顯影

海明威〈雨中的貓〉裡的那位女主角，執著地說著：「我要一隻貓」，要一隻「因自己的撫摸而滿足地呼嚕的貓」，對同伴動物的依賴，反映了現代人的寂寞與內心的想望。從貓族到寵物，從陪伴動物到喵星人，許多人是依賴陪伴動物的純真與信任，而撐起了生活的宇宙。朱天心寫狗人〈狗派〉——「肯聽命的群眾」與貓人（貓派）——「完整獨立，叫也叫不來的野性生命」，直言從動物性格可以看出人的特質。龍應台則描述：「貓是黑夜裡思索的含情脈脈的哲學家，狗是鎂光燈下什麼祕密都守不住的脫口秀演員。」類似「化人主義」的說法，也成為城市生活的一種特質。在臉書、IG上播放自家「主人」的萌、酷，「嚕貓」、「吸貓」成為流行語，以貓奴、鏟屎官自居，彷彿成了現代人的生活美學。

動物給予現代人的不僅是陪伴，而是生命的思索，人間的信任與療癒。鍾怡雯《枕在你肚腹的時光》，以繪本摹寫與「小肥」之間的親暱。書寫她家的「小女生」，是貓界的尹雪艷，人貓不離，分不清誰是主人誰是寵物。龍應台在《走路——獨處的實踐》中列出三十種實踐獨處、找回自己的方法，其中有一條：「窗口有一隻貓，凝視。」當動物把自己全心交付給你，「像小狗的眼睛一樣，清澈篤定、不知懷疑的愛」，個人的生命也被動物的純然專注眼神所點亮。許悔之〈原是一名抄經人〉書寫他與愛犬尼歐的因緣，被動物拯救的關鍵時期：

尼歐那時是不到一歲的小狗，純種好看好動的米格魯。有時抄經累了，我躺在地板上，他就過來舔我的臉，我就告訴他，我人生所有的恐懼、黑暗和不堪，他用慧黠的眼神表示傾聽和理解，他並不需要言語。

有時尼歐跑近他的外出皮繩旁，叼著皮繩跑近我，希望我帶他去戶外散步。對於那時缺乏行動力的我而言，有萬般不願意。我曾經喃喃的向尼歐說過「我都決定要自殺了，你還要我帶你去散步？」

尼歐堅定的叼著皮繩，左右蹦跳，他那種全然純真的眼神讓我無法拒絕，所以，我滿足他的願，就帶他外出散步、晃盪，有時一個小時，有時兩個小時，戶外的陽光照著我們，並不能驅趕我心的寒冷，但我們相互陪伴。

我的心中也開始有光，慢慢的照破了黑暗。

「尼歐不是寵物，他是我的狗兒子、我的家人。」這樣的宣示彷彿是時間的寓言，跨越了物我的界限。一如龍應台在《大武山下》提到：「如果你發現，小說裡所有對動物、植物的稱謂都不用『它』，而是『他』，那不是誤植，是作者的宣示。人，不在動物、植物之上。」

貓永遠是文學與藝術家的繆思女神，從收藏到創作，作家以各種不同方式表達他們對貓的愛與關注，圖為胡品清的貓藏品。

張馨潔〈借你看看我的貓〉就描述了人貓共好，或說人因貓而完整的景觀：「冬日咪咪坐在我盤據在椅上的雙腿，心窩貼著我的小腿肚，我感受她血液流動的節拍，用鍵盤打出的每一個字，都有她的氣味。當我低頭看她，我們鼻尖相碰，作為一種親吻的替代……動物的心平穩又靜定，有著比人類更澄澈的智慧。我浮動的生活也日漸將自己混成濁水，沒有澄清的一天。他們用雙眼，不假文字，勝過我用口吐出徒具雕飾的話語。那樣乾淨的心只是映出萬物本質，沒有愚痴愁苦。」

人與動物之間的情感羈絆，映顯現代人的生活情境，打開了人的生命方舟。她又說：「貓能靠人類接收不到的聲波溝通，同類之間近乎無話。或許為了豢養人類，才開始發展語言。」連結鍾怡雯所說：「有幸當貓的寵物，我也十分樂意。」動物具有一種召喚力，讓人誠實地面對內心的感受。名稱與位置的反轉，意味著人願意理解動物的感受，而不僅是以自我為中心。這種差異與自覺，或許可以讓人類更具倫理思辨，更懂得善待各種生命。

共生的可能

並非有了「貓肥家潤」的卡片，街貓浪犬的生活就不再危殆，可以不必擔心受怕；並非有了村上春樹《棄貓：關於父親，我想說的事》的諭示，以各種原因遺棄自家動物的現象就不會發生；也不是有了毛小孩一詞，就能消滅虐貓（犬）者的惡質心態。城市中的人與動物關係，並非線性的從流浪動物到陪伴動物的定著，而是與城市地景，當代生活自相呼應。其間貓志工（愛媽）的付出、作家學者的發聲，乃至於與城市觀光型態的發展思維都有連結。如法蘭岑所說：「當你走出去，讓自己和真實的人，甚或只是真實的動物發展真實的關係後，你便會面臨真實的危險：最後可能交付出『愛』的危險。撞上那樣的愛，都會改變你和世界的關係。」透過與動物「真實」的相處，可以看到人如何定義自己為人，看到人的脆弱性，以及一個進步文明社會的重層脈絡。我們願意相信，每一回觸及內心情感與覺知的溫柔對待，都可以成為這座島嶼的養分，這也是動物帶給我們的生命啟發。

參考書目

村上春樹著，賴明珠譯：《棄貓：關於父親，我想說的事》（繪者：高妍），臺北：時報出版，二〇二〇年。
曼諾・許特惠森（Menno Schilthuizen）著，陸維濃譯：《達爾文進城來了：新物種誕生！都市叢林如何驅動演化？》，臺北：臉譜出版，二〇二〇年。
強納森・法蘭岑（Jonathan Franzen）著，洪世民譯：《到遠方：「偉大的美國小說家」強納森・法蘭岑的人文關懷》，臺北：新經典文化，二〇一七年。
包子逸：《風滾草》，臺北：九歌出版社，二〇一七年。
朱天心：《獵人們》，臺北：印刻文學，二〇〇五年。
朱天心：《那貓那人那城》，臺北：印刻文學，二〇二〇年。
朱天文：〈在火場裡繡花〉，《聯合報・副刊》，二〇一四年十二月二十八日~十二月三十日。
吳明益：《浮光》，臺北：新經典文化，二〇一四年。
房慧真：《草莓與灰燼》，臺北：麥田出版，二〇二二年。
林燿德：《鋼鐵蝴蝶》，臺北：聯合文學，一九九七年。
張馨潔：《借你看看我的貓》，臺北：九歌出版社，二〇一九年。

許悔之：《但願心如大海》，臺北：木馬文化，二〇一八年。
黃凡：《貓之猜想》，臺北，聯合文學，二〇〇五年。
黃宗慧、黃宗潔：《就算牠沒有臉：在人類世思考動物倫理與生命教育的十二道難題》，臺北：麥田出版，二〇二一年。
黃宗慧：《以動物為鏡：12堂人與動物關係的生命思辨課》，臺北：啟動文化，二〇一八年。
黃宗潔：《牠鄉何處？城市．動物與文學》，臺北：新學林出版，二〇一七年。
龍應台：《天長地久：給美君的信》，臺北：天下雜誌，二〇一八年。
龍應台：《走路：獨處的實踐》，臺北：時報出版，二〇二三年。
鍾怡雯：《我和我豢養的宇宙》，臺北：九歌出版社，二〇〇二年。
鍾怡雯：《枕在你肚腹的時光》（繪者：魏延乘），臺北：麥田出版，二〇〇二年。
鍾怡雯：《麻雀樹》，臺北：九歌出版社，二〇一四年。
隱匿：《河貓：有河 book 街貓記錄》，臺北：有河文化，二〇一五年。
隱匿：《貓隱書店：告別有河與河貓》，臺北：木馬文化，二〇一九年。
韓麗珠：《黑日》，臺北：衛城出版，二〇二〇年。
駱以軍：〈路的盡頭（之一）〉，壹週刊，第五五七期，一〇一年一月。
駱以軍：〈路的盡頭（之二）〉，壹週刊，第五五八期，一〇一年二月。

延伸閱讀

約翰．葛雷（John Gray）著，陳信宏譯：《貓哲學：貓與生命意義》，臺北：春山出版，二〇二二年。
朱天文：〈志工證〉，《聯合報．副刊》，二〇一四年四月。
朱天文：〈帶貓渡紅海〉，《聯合報．副刊》，二〇一三年十一月。
朱天文：〈短尾黃〉，《聯合報．副刊》，二〇一三年二月。
朱天衣：《我的山居動物同伴們》，臺北：麥田出版，二〇一二年。
朱西甯：《貓》，臺北：遠流出版，一九九四年。
楊佳嫻：《貓修羅》，臺北：木馬文化，二〇一九年。
劉克襄：《虎地貓》，臺北：遠流出版，二〇一六年。
劉克襄：《野狗之丘》，臺北：遠流出版，二〇一六年。
蔣勳：〈貓咪之一〉，《聯合報．副刊》，二〇二二年一月。
蔣勳：〈龍仔尾貓咪之二〉，《聯合報．副刊》，二〇二二二月。
蔣勳：〈龍仔尾貓咪之三〉，《聯合報．副刊》，二〇二二年三月。

他山之石

複雜交織的命運共同體：當代香港文學中被壓抑的人與動物

呂樾

如同黃宗潔所觀察到的，在香港新世代作家的創作中，「動物」經常作為「城市寓言」的載體，動物的處境不只暗示了城市的命運，更隱喻了人們在這座高度發展的城市裡越發緊縮的生存樣態。但這是否意味了在香港文學中，動物本身已然被消音，且僅只是人類處境的折射？黃宗潔認為並非如此，在香港新世代作家筆下，人與動物間恐怕不能再以純粹的對立關係理解，反而呈現了兩者複雜而又交織的狀態。

韓麗珠《失去洞穴》可說是描繪人類與動物交織的最好案例。無論是〈渡海〉裡瞎眼的烏鴉、〈出走〉裡的動物占卜、〈飄馬〉裡會說話的貓，都在隱喻的層次中將動物與人相連繫。弔詭的是，這種連繫並非意味著共榮共存，反而指向了人類對於動物的壓抑掌控，正如同在城市中被生活壓抑的居民，或是在一段關係中被壓抑的感情雙方，故事中的角色彷彿再也無法與土地、城市、他人建立聯繫。但對韓麗珠而言，或許真正的救贖與和解，並不在互通有無的無礙交流中，反而是如〈假窗〉所寫到的，我們只能在不斷的錯置、混淆中，義無反顧的「誤認」下去，並嘗試在現有的錯誤與失敗之中找到另一種愛與關係的可能，正是《失去洞穴》試圖提供的救贖之道。

張婉雯〈打死一頭野豬〉呈現了人類跟動物被都市邊緣化的處境。在小說中，敘事者「我」本與南亞裔移民阿稔兩小無猜，直到有一天野豬因「入侵」都市而遭射殺，「我」在目睹一切後本想與阿稔分享，阿稔卻再也沒出現在學校中，隨後「我」才輾轉得知，原來阿稔患有精神疾病的父親也被警察射殺了。〈打死一頭野豬〉簡短但精準地描繪身處都市邊緣處境的群體，不只是野豬與阿稔一家，也包括了安養院中失能的老人。張婉雯更以「眼睛」的意象貫穿整個故事，對敘事者「我」來說，阿稔與野豬的眼睛是他必須謹記的視覺印象，正如同故事外的讀者也必須「看見」並「記下」這些被冷漠的都市空間排斥的「他者」。

程皎暘則在〈烏鴉在港島線起飛〉中，以更加魔幻寫實的筆法虛擬了人類與動物的混合生物。故事描述敘事者「我」在搭乘港島線的路程中聽聞了烏鴉的叫聲，在

「我」一陣尋找後發現乘客間有位擁有黑色羽翼的少女，並突然開始不受控制的在車廂內嗚啼，故事唐突地結束在少女被父母帶離列車，而地鐵則飛快地重新駛入黑暗中。這篇故事乍看之下僅只描繪了一段魔幻的遭遇，但實則將香港日漸緊縮的政治空間，與因都市發展而被拋棄的「邊緣人、動物」一併揉雜入故事的背景與敘事結構中。

經濟與都市空間快速且高密度的成長，成為當代香港文學常見的題材來源，在這個極度壓抑的城市中，有什麼事物被名為「發展」的高速列車拋下了？而我們又要如何記憶？如何重新想像我們與動物的關係？這或許不僅是香港文學中的課題，也是臺灣這塊島嶼上的人們同樣必須審慎思索的問題吧。

第二部

多元世界觀

Chapter5

第五章

萬獸有靈：原民與動物

靈光的眼睛：原住民文學中的動物神話

林楷倫

「我跟你說個故事。」一位長者對晚輩說。長者唸起泰雅族的石生起源、靈鳥、猴子、麻雀等傳說，晚輩問：這些動物像是神嗎？長者說，對呀，動物像是神。但這不是宗教神，而是自然觀。

要尋找原住民文學中的動物神話，不單是思考神話在文學中的寓意，而是進一步探問自然與神話的鍵結，由此出發，更能從當代原住民文學中，對身分、部落的書寫，看見靈光的眼睛。

故事這麼開始的

遠古的故事解釋為何我們存在這世界上，有些成為隱喻，有些則是明明白白地說禁忌。乜寇．索克魯曼《我的獵人爺爺：達駭黑熊》以獵人禁忌與動物、自然間關係為繪本主軸，內含爺爺對達駭說起布農族的忌殺黑熊與禁忌的起源：

「我跟你說個故事。」爺爺說。

「古老的時候，有個非常懶惰的女孩……只是家人才出門沒多久，女孩又跑去睡覺，竟然睡到天都黑了，眼看家人就要回到家……女孩趕緊抓一把米扔進鍋子裡。然而古時候只要半粒小米就可以煮成一鍋飯了，你猜發生什麼事情？」

「山崩土石流！」我大聲地回答……

「煮熟的米飯就像是山崩土石流一樣……塞滿整個屋子，然後不斷地流出屋外……懶惰的女孩還困在屋內，該如何救她呢？於是他們找了蜂蜜以及各樣野果與獸肉來配飯吃……小米飯仍然不斷地從屋裡流出來，怎麼吃都吃不完。這時，有人拿熊肉來配飯吃，沒想到米飯很快就被吃光了，奇怪的是，他們到處找，都找不到那個女孩，原來她變成一隻老鼠……」

過度狩獵或是獵捕禁忌物種的神話故事，不單是布農族的獵熊禁忌。《我的獵人爺爺：達駭黑熊》中，對於冒犯禁忌之後的懲罰，是女孩變成盜取穀物的老鼠，而泰雅族類似的神話對自然過度索求的懲罰則是必須自己耕種，說的是人類需要知道自己並非萬物之靈，山海物獸皆有平衡。在童書中，這類神話寓意的概念往往簡單，卻可以直探神話背後，世界與自然共存，敬畏且不豪取的動物觀。在此便可見到動物神話與文學間的縫隙，隙露出些微與現代社會交雜的靈光。

初乍靈光

從八〇年代初期，原住民運動興起，以主體訴說自身族群經驗。孫大川提出「山海文學」，以此概念興起的原住民文學作家，有孫大川、拓拔斯．塔瑪匹瑪、奧威尼．卡露斯、夏曼．藍波安、瓦歷斯．諾幹等。

此風潮延至九〇年代後期，如利格拉樂．阿𡠄、里慕伊．阿紀、霍斯陸曼．伐伐

1993 年 6 月在孫大川的召集下，創辦「山海文化雜誌社」，並編輯《山海文化》雙月刊，同年 11 月《山海文化》創刊號出版。是臺灣第一份以原住民報導為主體、為原住民文化發聲的雜誌。

等。這世代的原住民作家面對的議題，主題從培力自身與主體權利的批判書寫，到回歸自身的族群經驗之書寫，一則是挺身站起與對抗，另則是宣告其文化主體性及獨立性。此背景下產生的動物與神話書寫，更多像是傳承及延續，如夏曼・藍波安《八代灣的神話》、《冷海情深》，奧威尼・卡露斯《雲豹的傳人》等。下以夏曼・藍波安〈飛魚神話〉為例：

> 從飛魚的社會功能說起。
>
> 達悟族長期生活於孤懸大海中的小島，在未與外界文化頻繁接觸之前，我們善於運用祖先世代經驗累積來的生活智慧，並使達悟社會文化能持續不斷運作與發展……這些神話故事，在實質上有法律的效能，更具有宗教的約束力量。除此外，迷信、禁忌、精靈信仰，亦為達悟族人始終不敢正面違抗……又以飛魚季中的禁忌最多、最繁雜。

此段標明達悟族經驗的傳承，而此文著墨於達悟族的石生與竹生起源，及飛魚神話的開展。

全村的人怎麼同時染上怪病……那時，飛魚頭目——黑翅膀就司集其他種類的飛魚群商議……老人正在睡覺，飛魚對他說：「人類，你們為什麼生病……我是這季節魚的靈魂，黑翅膀飛魚。我想，你們之所以生病的原因是，你們捉到一條飛魚時，把牠和其他種類的海貝、蔻蟹混合著一起煮、食。我們是二月至六月的洄游魚群，我們的名字是Alibangbang……當你們煮食飛魚時請造作另外的鍋、魚盤。而且不要用Dengdengen（煮）這個字，要用Zanegan（亦為煮），以和其他魚類區別。因為我們是你們島上生命的泉源。

這段以飛魚角度出發的神話，討論達悟族黑潮洄游的海洋文化，從蘭嶼各處的口傳神話而來。細看這世代的原住民文學神話，從為了延續各族文化的紀錄式口傳神話到動物／人等於平等生命的思想。後者的思想，可轉看霍斯陸曼．伐伐在《玉山魂》對於蛇生起源的討論：

「更不幸的是一條巨大的I-vut，擋住了洪水的去路。漫天呼嘯的洪水在無路可走之下，四處橫衝直撞，最後更以數千隻黑熊的力量衝向布農族部落。」呼達斯

> 的語調彷彿是洪水當前的部落，十分危急，膽子小的孩童跟著坐立不安。「那條蛇有……這麼大嗎？」剛剛學會說話的孩童，天真的伸出短短肥肥的小手比出最大的樣子。「大！非常大。那條巨蛇躺在地上就像一座山，力量強大的洪水不但無法衝過去也不能翻過去，只能停下腳步，鼓動憤怒的身體。」

後續情節以布農族的智慧讓蛇與螃蟹相互抗衡，接續發展部落的故事。這些源自口傳的神話書寫，提到的動物有別於當時政府對於海洋、山野的想法，一方面對原住民主權與文化之宣告，另方面將故事流傳。

此外，亦有將動物神話連接至生命經驗的作品，利格拉樂．阿𡠄書寫排灣族與外省二代的散文，裡頭討論到蛋生起源，青色的蛋出生的人「Pulaluyan」（在狗叫聲出生的人），第一個出生的人成為部落最大貴族的代表。紅色的蛋出生的人「Tuu」（在貓叫聲出生的人），則是第二等級的貴族。阿𡠄以此作為破口，探寫自己vuvu的家族體系，書寫末代女頭目與時代軌跡，文末感慨此些部落的微小歷史的遺失。這類書寫不同於以部落口傳神話的「留」，而是以部落神話與現代生活的「變」相結合，從中可見到原住民主體下女性、職業、階層的書寫型態。

土地文學

烏瑪斯的一天

獵人文化

山神的兒子

新鄰

虎尾糖廠農廠

霍斯陸曼・伐伐，〈烏瑪斯的一天〉，
1995 年刊登於《臺灣時報》。

27 台灣副刊

台灣日報

獵人

嘉惠少數人的臨時展

給苗栗的詩

祝長久壯碩

充實的隔絕

夢想者擁有寶藏

霍斯陸曼・伐伐，〈獵人〉，
1997 年刊登連載於《臺灣日報》。

傳統的眼睛，現代的眼睛

煙花留給一〇一，火塘旁的神話就留給部落。（Salizan Takisvilainan 沙力浪・達岌斯菲芝萊藍，〈在部落跨年〉）

九〇年代後期至今，原住民文學的風貌仍延續著「山海文學」，如文初提到的乜寇・索克魯曼、亞榮隆・撒克努等，討論山野、海濱。關注傳統的眼睛們，與神話及過往書寫過的文學題材互文，乜寇・索克魯曼與霍斯陸曼・伐伐都有提到懶惰女子變成老鼠的神話；而在不同的文學情境中，同樣的題材會有不同的觀點，如夏曼・藍波安書寫飛魚，就與潘鎮宇以都市生活的孤寂書寫飛魚不同。小說之外，這時期的現代詩除了詢問自身的主體為何者，更轉向詢問自身主體的多樣性，從問「我是誰？」到「我是哪個名字？」，將神話裡的動物觀，從自然的角度拉回生活。隨著每個寫作者的生活擺盪，可以見到各種對於神話動物觀的闡釋。

黃岡書寫部落、環境與經濟、政治之間的拉扯，對山林、動物被機具的轆轤，反問了神話不復存在的討論。〈心情不美麗灣〉批判消費主義造出了金錢為主的神，沒有什麼可以被留下，除了錢，沒有什麼不能拋棄。

嚴毅昇於二〇二一年原住民族文學獎的作品〈不在之地〉更直指現代化、宗教與政治等如何改變阿美族人的生命。黃璽在二〇二一臺灣文學獎的〈莎拉茅群訪談記事〉討論了莎拉茅群地景與歷史的變遷，節錄其中幾句：

這將死的水怎麼忽然
映成他眼中的一床溪水，
那時還未搬運那麼多的灰與泥，
尚是一隻在石群間吐信的蛇，嗜血且偶有暴躍的模樣，源源不絕，自信的模樣，
那未能被現代紀錄的部落在旁，背後長著高且老的平原，
載有能盛光的湖，風湧時張口，
青年們將夜晚開出一條獵徑上去，
在能見的日光有了溫度後，
光著膀子，以嬉鬧的方式將自己餵養進去，
此時，溪旁的老弱婦孺亦將祭品打開，讓血液汩汩地潛入溪中，雨便降下，

直至分不清血與水，這一床活跳的溪水怎麼忽然，映成他眼中一條將死的水……

討論蛇生神話之外，黃璽以莎拉茅群為了興建水庫遷村的無奈與壓抑，原居地的人呀、動物呀、何以抵抗那些怪手呢？怪手不單是挖土機，是金錢、是現代社會、是身分。這一代原住民文學書寫者，面對昔日的神話與動物觀，延續的是對山野的記憶，不同的是為身分政治的抵抗與獨立，發展出不同於八〇年代末期回到故鄉的書寫浪潮，至今回到原鄉不單是抵抗殖民者，同時帶回寫作者本身於現代社會的無力，怎麼回去？回去是哪個模樣？這些發想延伸到作品裡，書寫動物與神話之外，更連結寫作者生命。Siliq（泰雅族靈鳥）在哪？又如何叫？雲豹早已不見。不只是抵抗，是面對消逝的可能所產生的對話。原住民的動物觀與神話仍然是動態的過程，不單是面對時間歷史與空間地理，如政策改變山林環境或是轉型正義等議題，原住民文學寫作者面對此些當代問題，又鄉於何方？

多個模樣

原住民文學與書寫從社會、國家回到自身，個體的多重認同：性別、性向與個體認同，在面對動物觀與神話時，延伸出不同的討論。邱常婷的〈斑雀雨〉以虛構小說再／重／改寫神話與動物觀的路徑，展現出排灣族母女之間對於信仰之差異，書寫昔日的女巫轉變身分。邱常婷並未刻意強調神話身分與現代社會的摩擦，而像是理所當然的轉移，人無法變成鳥，就難以逃避，或變成鳥，本身亦難以逃避。透過殺人的情節，展開另一種巫術：源自科學的。

> 有時她故作歡快，如過去般裝瘋賣傻地說，等離婚了她就能變成鳥，她會在我面前變成鳥的，畢竟這是從很久以前就答應過我的。
>
> 可是人不會變成鳥。我告訴她。
>
> 而她在視訊中對我眨眼：「我會變成鳥，一定會。」

去巫化如同去汙化，邱常婷批判的不只如此，理性的理所當然是真的嗎？她並沒有給予解答，而是以小說提問，透過《新神》中的神鬼、BDSM、原民文化的元素，去詢問神之何在？

轉個方向，程廷《我長在打開的樹洞》、馬翊航《山地化／珊蒂化》，皆有從同性戀身分討論部落生活中的事務，有務農耕作、取水、打獵、紡織等。現代社會的身分政治進入部落的傳統技藝時，如何被分類，男性才可打獵，女性才可耕作，而LGBTQ如何被定義或定義呢？

下一次，什麼時候，還想再去，想學習打獵，不是因為殺生的快感，而是整個過程讓我意識到，我正在認識自己生長的這片土地，連結自身存在和祖靈的關係，那是神聖的，一種難以形容的感動。（程廷，〈打獵，第一晚〉）

舅舅在我的背後……舅舅會不會因為我是 Hagay，是同性戀，不願意肢體接觸……

「我爸知道你喜歡男生，他說很生氣，他要來罵你……」怎麼舅舅開口盡是其他人的歷史，我只想知道自己的歷史，只想知道你罵完我後，到底還讓不讓獵場給我……

「我的 Bhring[1] 沒問題……我們打過很多獵物，有飛鼠、黃鼠狼、白鼻心……我們沒有一次受傷，如果 Bhring 有問題，我們早就跌落懸崖……我喜歡男生沒問題……你的 Bhring 不會讓我勃起，不會有亂七八糟的想法，因為我跟你一樣，真的很喜歡山啊。」

舅舅說好，機車避震器記得修，關上門離開。（程廷，〈你那填滿 Bhring 的槍射向我〉）

〈打獵，第一晚〉訴說身為現代社會中太魯閣族男性如何看待打獵，不是想征服自然，返回舊日的傳統，程廷問了自己身分與性向的問題，Hagay（類似同性戀的太魯閣語）能打獵嗎？能在月光下的支亞干溪，等待祖靈給的獵物嗎？人獨有的獵徑與獵區，擅長打獵的獵人擁有 Bhring，那些神的眷顧是有所限制的嗎？〈你那填滿 Bhring 的槍射向我〉試圖回答這問題，原先拒絕，排斥 Hagay 能打獵的舅舅，程廷透過直白的溝通，確切地講出身為同性戀不是魔鬼，不應如此懼怕，這些話對抗不管是傳統的思想或是社會上猶存的歧視，部落傳統的性別分工是男人打獵、女人織布，那 Hagay 做什麼？作為恐懼的存在？不，程廷試著拉開空間，兩者都能做，或是說本應就是誰都能做的。

程廷的散文中，對動物與神話只有少許著墨，但將現代社會的多重性政治（不只是「性」，是個人身分的多元與多重交疊）與祖先、傳統、部落等對話，反思的是以往民間神話提及的「人」是哪樣的人，那些限縮到此刻能否鬆綁？

由此進入動物觀的省思，回望臺灣原住民文學的動物與自然觀點，如何帶給同居在此島的島民們，察覺自身亦是動物，亦是多重身分的思考呢？新生代原住民作家書寫動物神話的數量，已不像一九八〇年代後期的繁盛，雖然兩個世代都走向都市又走回部落，早期以尊重自然的神話系統內存於心，新生代原住民作家的動物觀，對於破壞動物棲地、濫捕濫獵等的怒火與抗拒，明確地宣告不單是尊重動物，更是尊重部落與土地。

雖說新生代原住民作家書寫動物神話的數量較少，卻可看見更多的變形，連結到身分、性別、職業等個人因素的思考。也因如此，原住民文學中的動物神話，不是單一不變的樣態，對於獵捕動物或是對待動物的禁忌，在現代社會已少用到，但尊重且不濫取的思想像是價值觀細流在文學之中，轉換成自然，甚至是社會與正義的樣貌。

注釋

1. Bhring：靈力，此概念可想像成獵人的獵術與對獵場的熟悉程度之外，影響狩獵成果的幽微因素，如神之眷顧、獵人技能的繼承、獵場靈氣等。

參考書目

Apyang Imiq 程廷：《我長在打開的樹洞》，臺北：九歌出版社，二〇二一年。

Cidal 嚴毅昇：〈不在之地〉，收於《二〇二一臺灣原住民文學獎作品集》，臺北：山海文化，二〇二一年。

Husluman Vava 霍斯陸曼・伐伐：《玉山魂》，臺北：印刻文學，二〇〇六年。

Liglav A-wu 利格拉樂・阿𡠄：《祖靈遺忘的孩子》，臺北：前衛出版，二〇一五年。

Neqou-Sokluman 乜寇・索克魯曼：《我的獵人爺爺：達駭黑熊》，臺北：四也文化，二〇一〇年。

Neqou-Sokluman 乜寇・索克魯曼：《東谷沙飛傳奇》，臺北，印刻文學，二〇〇八年。

Rimuy Aki 里慕伊・阿紀：《懷鄉》，臺北：麥田出版，二〇一四年。

Syaman Rapongan 夏曼・藍波安：《八代灣的神話》，臺北：聯經出版，二〇一一年。

Salizan Takisvilainan 沙力浪・達岌斯菲芝萊藍〈在部落跨年〉，收於《部落的燈火》，臺北：山海文化，二〇一三年。

Temu Suyan 黃璽：〈莎拉茅群訪談記事〉，收於《二〇二一臺灣文學獎作品集》，臺南：國立臺灣文學館，二〇二一年。

邱常婷：〈斑雀雨〉，收於《一〇九年小說選》，臺北：九歌出版社，二〇二一年。

馬翊航：《山地化／珊蒂化》，臺北：九歌出版社，二〇二〇年。

陳芷凡：〈原住民作家的都市書寫策略與世代關照〉，《原住民文獻期刊》第二十九期，二〇一六年。

黃岡：《是誰把部落切成兩半》，臺北：二魚文化，二〇一四年。

延伸閱讀

Auvini Kadresengan 奧威尼・卡露斯：《雲豹的傳人》，臺中：晨星出版，一九九六年。

faisʉ . mʉkʉnana 伐依絲・牟固那那：《火焰中的祖宗容顏》，臺北：山海文化，二〇一八年。
Pasuya Poiconu 浦忠成：《臺灣原住民族文學史綱》，臺北：里仁書局，二〇〇九年。
Rimuy Aki 里慕伊・阿紀，Alang Manglavan 阿浪・滿來旺，Meimei Masow 瑁瑁・瑪邵等著：《臺灣原住民的神話與傳說》系列叢書，臺北：新自然主義出版社，二〇二一年。
Syaman Rapongan 夏曼・藍波安：《冷海情深》，臺北：聯合文學，一九九七年。
Syaman Rapongan 夏曼・藍波安：《黑色的翅膀》，臺北：聯經出版，二〇〇九年。
Salizan Takisvilainan 沙力浪・達岌斯菲芝萊藍：《祖居地・部落・人》，臺北：山海文化，二〇一四年。
邱常婷：《新神》，臺北：聯經出版，二〇一九年。
孫大川：《山海世界：臺灣原住民心靈世界的摹寫》，臺北：聯合文學，二〇一〇年。
郭彥仁：《走進布農的山》，臺北：大家出版，二〇二二年。
楊翠：《少數說話：臺灣原住民女性的多重視域》，臺北：玉山社，二〇一八年。

深山大海中的靈魂同步與互換：狩獵文化與當代爭議

龔卓軍

在人類與動物的關係中，萬物有靈論是一個古老的議題。一位丹麥的人類學家拉內．韋爾斯萊夫（Rane Willerslev）的獵人民族誌研究《靈魂獵人：西伯利亞尤卡吉爾人的狩獵、萬物有靈論與人觀》（*Soul Hunters: Hunting, Animism, and Personhood Among the Siberian Yukaghirs*）的一開始，韋爾斯萊夫就描述了一個令人匪夷所思的人獸靈魂轉換場景：

看到老斯皮里登（Old Spiridon）前後搖擺著他的身體，我有些疑惑，我究竟看到的是一個人還是一頭麋鹿。毛豎著的鹿皮大衣，帽耳突出的帽子，雪橇覆蓋著麋鹿的平滑的腿皮，當在雪地上移動時，聲音特別像麋鹿發出的，這使他像一頭麋鹿；但是，帽子下他臉的下部分有著人的眼睛、鼻子和嘴巴，手握來福槍，這使他像一個人。因此，老斯皮里登沒有完全放棄人性。在某種程度上，他具有雙面屬性：他不是一頭麋鹿，但也是一頭麋鹿。他在人類與非人類之間，占據了一個奇怪的位置。

> 一頭母鹿帶著幼鹿從柳樹林出現。兩頭鹿突然佇立不動，母鹿引誘地上下搖頭，我們對此有些不解。但是，當斯皮里登靠近時，她被這頭假鹿迷倒了，毫無顧忌地帶著幼鹿奔向斯皮里登。說時遲那時快，斯皮里登舉槍射殺了這兩頭鹿。事後他解釋說：「我看到兩個人跳著舞靠近我。唱著歌的母親是一個美麗的少婦，她說『親愛的朋友，來吧，我會挽著你回到我們的家。』就在那時，我殺了她倆。如果我隨她而去，將必死無疑。她會殺了我。」[1]

而這個西伯利亞麋鹿獵人的故事，即便是在當代的人類學的脈絡裡，也面臨著大規模的沉默。

人類與動物的模仿術

萬物有靈論這樣的古老信仰，對於現代社會強調理性的我們的存在而言，顯然隱含著對於非理性的潛在恐懼。這個萬物有靈的世界，令人恐懼。尤其對於生活在城市的西方人或現代化以後的漢人而言，習慣假定人的屬性包括具有語言、意向、推理和特殊的道德意識，並認為只有人類才有這些特性。相對來說，動物只能被理解為一種自然物，牠們的行為只可能出自於本能衝動。但是，對尤卡吉爾人，以及對許多臺灣原住民的獵人來說，卻流行著截然不同的假設，也就是截然不同的世界觀、人觀、動物觀與靈魂觀。簡單地說，萬物有靈論的獵人眼中的動物世界，與當今的主流社會價值觀有許多矛盾和衝突。以下，將引用三件藝術作品，來說明這種人類與動物間的社會價值衝突。

在近期的臺灣當代藝術作品中，有幾位藝術家的作品，觸及了動物的議題。首先是二〇二二年高雄美術獎首獎之一的《在海拔二〇〇〇公尺震動》。藝術家蔡音璟透過動物溝通師，和日治時期一隻被做成標本、卻從未展示過的綠啄木鳥進行溝通，也回到海拔二〇〇〇公尺的阿里山林區，模擬原生態，在訪問生態導覽員，知道人造林

獵人與動物之間靈魂同步化的野地過程，就如同《靈魂獵人》一書中所說的，這種身體模擬其實已經像是動物溝通師的動物靈通能力，必須要逼近彼此靈魂交換的臨界，動物才會放下牠的警戒。圖為達邦獵人安孝明在傳統屋中解說獵人文化。（龔卓軍攝）

許多部落獵人，按照祖先傳授下來的獵區生態觀測與平衡原則進行狩獵，進行文化環境行為與語言的傳承。圖為「曾文溪的一千個名字」的「獵人帶路」計畫，由鄒族獵人安孝明帶領團隊在傳統領域中進行森林與水文生態觀測。（陳伯義攝）

面對資本世與人類世的人類與動物關係，我們發現，當代的部落漁獵採集者，保留給了人類文化自我形塑的一個機會。圖為「曾文溪的一千個名字」的「獵人帶路」計畫，由鄒族茶山獵人巴蘇雅帶領，在普亞汝溪流域進行漁獵採集。（龔卓軍攝）

區單一樹種影響了鳥類棲息生態後，以殘餘的木板與木條，製做了電動定時啄木的裝置，在霧林帶迴盪著既諷刺又傷逝的人造啄木聲。《在海拔二〇〇〇公尺震動》討論的是動物生態與人造林地的生態單一化矛盾。

第二件作品是藝術家吳思嶔二〇二一年在高雄市立美術館「泛．南．島」展覽中的《山羌模仿術》。這個獵場現場裝置中，有一支影片，呈現了壢坵部落年輕追蹤師羅安聖在傳統領域獵場中，與動物間的微妙關係。這種關係是一種從身體動作與運動模式展開的「身體模擬」。安聖在片中強調，不論是對山豬、對山羌或是對水鹿，部落獵人都可能採取身體模擬的運動姿態，以取信於正在接近中的動物。而且，這種模仿術，不是只有外形與運動模式（如行走姿態）的類近，還包括要展現這種動物的習性，要細緻觀察山豬的警覺狀態、山羌的敏感步法與叫聲、水鹿與特定植物的親緣關係，與動物的身體與靈魂狀態亦步亦趨。

獵人與動物的靈魂同步

這種獵人與動物之間靈魂同步化的野地過程，就如同《靈魂獵人》一書中所說的，這種身體模擬其實已經像是動物溝通師的動物靈通能力，必須要逼近彼此靈魂交換的臨界，動物才會放下牠的警戒。反過來說，山豬亦有能力製造假足跡，引誘獵人錯判，甚至布局做突發性的攻擊。因此，一隻聰明老練的山豬若被獵著，特別是獵人若能透過直接的搏鬥而取其性命，在部落裡就會傳誦一時。然而，許多老練的獵人也會因此受傷、重創或者因山豬攻擊而失去性命。人與山豬的關係，猶如靈魂與靈魂的對決。就此而言，傳統獵人進入獵場前，大多會舉行儀式，告知祖靈、土地神與萬物諸神，祈禱有順利的收穫與庇護。

代表臺灣參加二〇二二年德國卡塞爾文件展的藝術家張恩滿，在參與二〇一四年臺北雙年展時，在臺北市立美術館的展場，提呈了〈臺灣原住民獵槍除罪化〉這支影片。這支影片除了以族語敘述了一則排灣傳說，公主因祖靈託夢進入森林，以花瓣變現為山羌之外，也記錄了布農族「內本鹿回家行動」的狩獵生活儀式。這些布農族人按照習俗祭拜、唱歌，下山分享獲得的獵物，然而當獵人下山時忽然受到警察非法搜索，任意掀翻貨車後車箱的獵具，引起爭議與衝突。

同時，影片中出現的「蔡忠誠獵槍案」，也屬於原住民狩獵爭議的重要向度。這件獵槍案的起因是，屏東縣牡丹鄉排灣族獵人蔡忠誠於二〇〇九年九月三十日遭警方查獲狩獵用之土造槍枝、子彈及捕獲之山羌腿，被檢察官以違反《槍砲彈藥刀械管制條例》、《野生動物保育法》提起公訴。一、二審蔡男獲判無罪，但更一審依內政部在一九九八年的函釋，自製獵槍應局限「逐次由槍口裝填黑色火藥」的前膛槍，原本原住民狩獵用的自製獵槍雖然已經除罪化，但蔡男的獵槍屬效能較高的後膛槍，故改判蔡男有罪二年八個月，併科罰金新臺幣十萬元。

這個爭議引發許多原民團體的抗議，紛紛就原住民族傳統狩獵文化與現代國家法規之衝突，在文化狩獵權與憲法保障的文化權之間，以及前膛槍安全性不足易引起膛炸等不合理規定問題，進行社會發言與論辯。最後，在二〇一三年底，蔡忠誠獲改判無罪。這個案例，使我們注意到原住民傳統狩獵與其生態文化之間的複雜關係，而遺留下來的問題是：原民狩獵文化與動物保護法之間的緊張關係。換句話說，靈魂的同步術，其實無法袪除物種之間實際存在的不對稱殺戮關係。

從蔡忠誠獵槍案到王光祿釋憲案

最典型的例子，就是轟動一時的「孝子獵人案」，也就是創下多項司法紀錄的

「王光祿釋憲案」。就在上述「蔡忠誠獵槍案」纏訟的最後階段，二〇一三年七月，當時五十四歲的布農族男子王光祿（Talum Suquluman）因為年邁的母親想吃肉，便前往臺東山區狩獵，獵了一頭臺灣長鬃山羊與一頭山羌。與「蔡忠誠獵槍案」的律法一樣，王光祿因為持有非自製獵槍及獵殺保育類動物，被以違反《槍砲彈藥刀械管制條例》和《野生動物保育法》而起訴。

重點在於，王光祿並沒有否認自己的狩獵行為，但他明白認為自己的行為不是非法的，理由在於，狩獵是原住民文化的重要部分。王光祿被起訴之後，由於是因孝行被起訴，因此被稱為「孝子獵人」案。臺東地方法院在《槍砲彈藥刀械管制條例》判他徒刑三年兩個月，《野生動物保育法》判處徒刑七個月，合併執行三年六個月，併科罰金七萬元。然而，在最高法院將該案駁回上訴、加以定讞之後，立即引起布農社會的強烈反彈與批判。

二〇一五年年底，最高法院檢察署認為，「孝子獵人案」原判有文化歧視與動保法的適法性問題，被提起非常上訴。經過二〇一七年最高法院非常上訴案審理庭在有史以來第一次的網路直播審理過程後，最高法院認定該案有違憲之虞，裁定停止審判並聲請釋憲，這也是最高法院有史以來首次提出釋憲的聲請。一年內破了兩次司法紀錄。二〇二一年三月九日憲法法庭舉行言詞辯論，王光祿透過族語，在辯論庭中表示三點意見，包括「自己恪守人倫與孝道、狩獵為部落文化習俗、獵人狩獵時皆按祖先所授規範」。兩個月後，二〇二一年五月七日，大法官做出釋字第八〇三號解釋，認為《槍砲彈藥刀械許可及管理辦法》對自製獵槍規範不足，也無法確保原住民狩獵活動之安全，與憲法保障生命權、身體權及原住民從事狩獵活動之文化權利之意旨有違。另外，《原住民族基於傳統文化及祭儀需要獵捕宰殺利用野生動物管理辦法》相關規定中，非定期性獵捕之申請期限與程序規定，欠缺合理彈性，違反憲法比例原則，今後不再適用。

八〇三釋憲案，無異對狩獵權與動物權主張之間緊張關係再添變數。當然，雖然有此釋憲案，最高法院仍然認為原本的狩獵工具規定與非定期狩獵仍應事先申請是合憲的，無法用以救濟本案，而最終駁回了這項非常上訴。有趣的是，最終出面緩解這個被批判為「漢人觀點．原民法律」的尷尬局面，是蔡英文總統的「特赦」，二〇二一年五月二十日總統以「王光祿狩獵是為供罹病的家人食用，狩獵自用也為原住民傳統文化之範疇，因此為表達對原住民族傳統的尊重，促進族群主流化發展」，依憲法頒布總統特赦令，算是勉強以喜劇收場。

然而，「蔡忠誠獵槍案」與「王光祿釋憲案」遺留下來的動物保護與動物權問題，仍有待臺灣社會進行進一步的思考與論辯。顯然，原住民文化中原有的獵區制度、部落規範、對土地認同、對自然資源的尊重，在現代國家的殖民與強力治理中，早已破壞殆盡，瀕臨滅亡。即使像羅安聖這樣的部落獵人，按照祖先傳授下來的獵區生態觀測與平衡原則進行狩獵，進行文化環境行為與語言的傳承，也難以為外人所了解。至此，人類與動物間的身體模擬、靈魂同步與靈魂交換術，更被現代社會的理性思維限制在部落內部與人類學研究的狹小領域之內。我們不禁要問：身處當代社會的我們，究竟應該如何面對這個棘手的問題？

文學書寫與靈魂互換術

其中一種選擇是透過文學的書寫，讓這種漁獵採集生活觀點下的當代社會，反省其「漢人思維」的局限。按照夏曼・藍波安的說法，蘭嶼各部落全年以傳統漁獵的漁獲捕撈量（一天平均一百多條），其實遠遠不及拖網漁船船隊在附近海域炸魚幾分鐘內捕撈總量的幾百分之一（幾分鐘就一千多條）。然而，漢人所熟悉的工業式大量捕撈作業，漢人所熟悉的現代食物消費型態，漢人對於海洋海流的厭惡和恐懼，卻永遠不會出現《冷海情深》這本書中所述的達悟漁人與浪人鰺（Cilat）之間的親密關係與情懷：

我趴在他身邊，企圖與他建立良好的友誼，十秒、二十秒、三十秒、四十秒……終究我可以在海裡憋氣一分半鐘左右，慢慢觀賞，從頭到尾巴，背鰭到腹部，這真是最美的一刻，對我而言。

「Kowyowyod（我靈魂的摯友），我愛你，所以不傷你一片魚鱗，下回送我比你小兩倍的同科類浪人鰺，好嗎？」

夏曼．藍波安用「靈魂與牠溝通」來描述這個人魚之間的美妙靈魂同步過程，也讓這尾估計有八十斤以上的雄壯浪人鰺，在漁人眼前很緩慢地游走，往夜間一望無際的深海海溝游去。這是一個人類與動物共存的烏托邦式的共同體，本質上，也與一般人的休閒潛水觀魚行程大異其趣。為什麼呢？因為海洋文學的書寫者夏曼．藍波安的真實書寫行動，用的是回返部落、重建部落漁人存在形式與生命價值的全身式投入，而不是一時的好奇、鄉愁或獵奇。對比之下，不論是「蔡忠誠獵槍案」或是「王光祿釋憲案」，內裡都暗藏著漁獵文化與現代文化之間的不對稱對抗，與獵人們回返部落、銜接當代漁獵文化尊嚴的高度張力。這種張力當然不只是來自部落外部，部落內部因現代化生活造成難以回返傳統生活型態與價值觀上的顛倒不適應，如何扭轉自身「漢化的達悟」的現實處境，其實更是夏曼・藍波安一系列書寫的重要線索。

從身體與地理地形的角度來看，很多人可能誤認為漁獵採集者去海裡或山裡拿獵物，與我們去 7-11 買東西差不多方便、沒有風險。但或者只有在文學家的筆下，這個激烈體力勞動的過程、這個充滿危險的技巧學習過程，與不成比例的收穫與獵物，究竟是在什麼樣的危險採獵過程中獲取與辛勞扛回部落的過程，獵物本身的皮肉必須短時間內得到怎樣的技術性處理過程，才能得到稍微明確的描述。夏曼・藍波安在《冷海情深》中這樣說：

> 我一路上想著，想著那不可言喻的情感與海洋。一個鄒族的獵人告訴我說：「他從中央山脈揹起他的獵物——山羌，走到部落要花一天的時間。然後把肉分享給親朋好友，自己最後所剩沒幾兩肉，便把分配肉的、油膩膩的雙掌，啪地抹

在嘴臉並撕咬著肉，享受著被稱為獵人的尊榮。」獵人，是原始生產者，在部落中是最至尊的封號。但，在卡拉ＯＫ唱歌喝酒當他坐在鄉長、縣議員的旁邊時，這位獵人又顯得格外的卑微、粗俗、膽怯，毫無獵人在深山之機敏、銳利的氣魄，因為他被法院起訴濫殺保育動物。

是的，這一切從部落內部的漁獵生活型態復振者才能得到的身體知識與技藝，從動物保育的觀點來看，卻很諷刺地只有觸犯現代法律的問題被社會關注。而這種「不可言喻的情感與海洋」，背後卻是一種非資本主義掠奪式的「禮物經濟」，強調與某些親族的「贈予和分享」，以免除社會嫉妒和不平等。當然，與生態原則相違背的過度獵捕是否存在，這在過去的調查中，並不少見。

總結來說，回頭面對資本世與人類世的人類與動物關係，讓我們在討論像「蔡忠誠獵槍案」與「王光祿釋憲案」這樣的爭議時，不免在部落漁獵文化復振與動物保育的立場之間，左右為難。可以確定的是，當代的部落漁獵採集者，保留給了人類文化自我形塑的一個機會。在信仰方面，神靈可能向獵人提供了大量的獵物，獵人若毫不客氣地全部採納，就有可能被視為積累了大量的動物靈魂，因此賦予神靈要求與獵人共享靈塊——以他的孩子或家人的生病或死亡為代償。

就身體經驗方面，做為人類與動物靈魂互換的媒介，一個獵人的身體，可能既是「我」也是「非我」，既是「自我」也是「他者」，既是人類也是動物。人類是否需要面對動物，看看動物對人類的反應來形成一個更完整的環境「我」？獵人模仿動物的身體與靈魂，並且也同時觀察動物在面對人類模仿的回應時，像夏曼・藍波安與他的浪人鰺、像羅安聖與他眼前的山羌的關係，是否其深度更接近人類靈魂與整體環境或宇宙的共振狀態？這是獵人與動保爭議中，有待我們進一步重新省思另一種人類生命的哲學課題。

……………

注釋

1. Rane Willerslev, *Soul Hunters: Hunting, Animism, and Personhood Among the Siberian Yukaghirs*, Los Angeles: University of California Press, 2007, p.1.

參考書目

Rane Willerslev, *Soul Hunters: Hunting, Animism, and Personhood Among the Siberian Yukaghirs*, Los Angeles: University of California Press, 2007.
拉內・韋爾斯萊夫著，石峰譯：《靈魂獵人：西伯利亞尤卡吉爾人的狩獵、萬物有靈論與人觀》，北京：商務印書館，二〇二〇年。
吳思鋆：《山羌模仿術》，高雄市立美術館，「泛・南・島」展覽，二〇二一年。
夏曼・藍波安：《冷海情深》，臺北：聯合文學，一九九七年。
張恩滿：〈臺灣原住民獵槍除罪化〉，臺北雙年展，二〇一四年。
蔡音璟：《在海拔二〇〇〇公尺震動》，高雄美術獎，二〇二二年。

參考資料

王光祿案，維基百科網路詞條，網址：https://zh.m.wikipedia.org/zh-tw/%E7%8E%8B%E5%85%89%E7%A6%84%E6%A1%88。（瀏覽日期：2022/04/30）

延伸閱讀

王宏義：《獵人不見了？——臺東縣延平鄉桃源部落的狩獵文化》，臺東大學公共與文化事務學系區域政策與發展研究碩士學程論文，二〇一二年。

巴蘇亞・博伊哲努（浦忠成）：《原住民神話與文學》，臺北：臺原出版，一九九八年。

巴蘇亞・博伊哲努（浦忠成）：《被遺忘的聖域：原住民神話、歷史與文學的追溯》，臺北：五南文化，二〇〇七年。

巴蘇亞・博伊哲努（浦忠成）：《臺灣原住民族文學史綱》，臺北：里仁書局，二〇〇九年。

拓拔斯・塔瑪匹瑪：《最後的獵人》（新版），臺中：晨星出版，二〇一二年。

夏曼・藍波安：《八代灣的神話》，臺中：晨星出版，一九九二年。

夏曼・藍波安：《黑色的翅膀》，臺中：晨星出版，一九九九年。

夏曼・藍波安：《海浪的記憶》，臺北：聯合文學，二〇〇四年。

夏曼・藍波安：《天空的眼睛》，臺北，聯經出版，二〇一二年。

孫大川編：《臺灣原住民漢語文學選》，臺北：印刻文學，二〇〇二年。

孫大川：《久久酒一次》（復刻增訂版），臺北：中華民國臺灣原住民族文化發展協會，二〇一〇年。
孫大川：《山海世界：臺灣原住民心靈世界的摹寫》，臺北：聯合文學，二〇一〇年。
娃利斯．羅干：《泰雅腳踪：開放社會找獵人》，臺中：晨星出版，一九九一年。
亞榮隆．撒可努：《山豬．飛鼠．撒可努》，臺北：耶魯出版，一九九八年。
亞榮隆．撒可努：《走風的人》，臺北：思想出版，二〇〇二年。
蔡日興：《紅檜、水鹿與獵人》電子書，二〇一六年。網址：https://jtsai.gitbooks.io/forest_deer_hunter/content/chapter1.html（瀏覽日期：2020/09/03）
藍姆路．卡造：《吉拉米代部落獵人的身體經驗與地方知識》，東華大學族文所碩士論文，二〇〇八年。
龔卓軍主編，陳伯義、張景泓、莊榮華攝影：《獵人帶路：曾文溪溯源影像誌》，臺南市：臺南藝術公社，二〇二〇年。

他山之石

變身的渴望與可能：神話中的動物

陳文琳

羅伯特．麥克法倫（Robert Macfarlane）在《大地之下》中，曾描述了一段迷人的洞穴風景：蕭維等三個法國洞穴探險人，於一九九四年發現後來命名為蕭維窟（Grotte Chauvet）的大型壁畫。從艾莉的探照燈，看見那些「像隨時能從岩石走下來」的動物：「她的頭燈『照上一隻猛瑪象』，又『照上一隻熊，一隻獅子，口中浮出半圓形的點點，好像血滴……我們看到人手，有浮雕也有凹雕。還有其他動物的飾帶，長達十公尺。』有著高聳鹿角的巨大公鹿漫遊於洞窟牆面，犀牛以獨角打鬥，岩石邊緣有鴞棲息……一面高踞的石板上坐著熊的頭骨。」這個龐大壁畫群或甚至後來無數的洞窟壁畫，使我們得以窺見不同時空跨度的世界，「人」如何「想像」動物，以及他／牠們之間的關係。

這些洞窟經常呈現的「狩獵場景」，亦能帶給我們若干神話的線索。據凱倫・阿姆斯壯《神話簡史》，拉斯科（Lascaux）和西班牙的阿爾塔米拉（Altamira），在動物與獵人旁，還會有一位「戴著鳥面具的人，暗示飛翔」。她認為這些人就是薩滿。薩滿被視為可以懂動物語言，並且與神靈溝通的角色，其存在與狩獵社會息息相關。由薩滿所折射出的神話世界觀：人與動物位處同一階層。一方面，「人獸混合」的薩滿將自己視作「動物世界」一部分；另一方面，礙於現實，他必須在狩獵關係裡抽離出來，關注「人與動物的差別」，狩獵行為才得以成立。又如愛斯基摩人認為海豹是掌管動物的女神，若遇到獵物短缺，他們會請薩滿前去溝通。

再者，我們可以從許多原住民的起源神話裡看到鳥、熊或蛇是其族類或祖先。諸多「變形」，無論是人變成動物，或動物變成人，故事情節雖然依不同地域與族群而有所變化，仍可在其中看見人與動物的某種相似性，以及神話的基本原型。以熊為例，因紐特人（Inuit）認為人與熊沒有分別：熊回到家只要脫掉外衣就可以變成人，因此獵人若殺熊，返家前首要之事就是脫大衣，好還原為人。河合隼雄在《神話心理學》中，則提及加拿大阿塔帕斯卡人（Athabaskans）有一則灰熊變人與少女結婚生子的故事。值得一提的是，神話裡常有某人告誡另一人必須遵守「不看」的守則，否則某人就會上演立刻消失的劇碼；甚至是神為了懲罰，才將其變成動物等。然而這則神話稍微不同：少女「重返」村落與家人們同住，兄弟們因討厭而捉弄她，將熊皮蓋在少女身上，少女於是變成熊殺了全家，僅留下么弟，繼之帶兩隻小熊離開。

上述兩則故事揭示人與熊幾乎無別：自由變形、結婚生子，乃至於發生相互殘殺亦屬正常之事。只不過，這其中存有巨大的內外矛盾：人類一來將自己視作動物一部分，卻又在某些時刻（例如狩獵）展現與動物的差異。為化解矛盾，狩獵時所訂定與進行的諸多儀式或禁忌，就成為一種方式。儀式與禁忌除卻表達對和人類無異的動物的極高崇敬，亦試圖轉化殺戮所帶來的心理焦慮。至於克勞德．李維－史陀（Claude Lévi-Strauss）《我們都是食人族》以社會文化與語言變化，闡述狩獵以姻親或結婚等方式，將獵人與獵物關係「擬人化」，其實是一種「弱化的食人形式」，藉此探討我們與動物（視為食物）的關係，則是另一個哲學大哉問。

凱倫．阿姆斯壯（Karen Armstrong）曾說，神話源於「對實際問題的深刻焦慮」。神話是焦慮的顯現，其中的象徵或意涵，得以引領我們穿越虛實交錯的迷霧，直抵問題核心。神話中的動物某程度展現人與動物的相似與密切關連，我們也從中意識到差異，但是這並非強調我們與動物有多麼不同，壁畫與故事遺留的饋贈在在說明了人類變形成動物的渴望與可能性。神話讓我們再次接近原初的世界，並重新想像動物。

Chapter6

第六章

後人類時代：人類世下的動物

從古老的幻想到當代奇幻文學：動物意義的變化與回歸

瀟湘神

曾經，我們生活在一個充滿意義、對世界的認識毫無匱乏的時代。

在那個神祕的時代，任何事都能得到解釋，或是說，只要有充分的想像力，沒有事情是不能解釋的；譬如日、月會有缺蝕？肯定是被天狗吃掉；為何紅嘴黑鵯的喙跟爪是紅色，羽毛是黑色？肯定是為了幫人類取火，渾身被燒焦，喙跟爪則燒成通紅；為何貓要將自己的糞便埋起來？因為貓欺騙了老虎，學了老虎的技巧，卻不遵守諾言教老虎爬樹，怕被老虎發現行蹤，這才到哪裡都將糞便埋起來。那時，人不必去學動物的語言，動物自己就能跟人溝通。

如今已不是那樣的時代。在現代，我們的知識體系被科學支配，要是科學不能解釋，我們就只能背負虛無的重量，承認知識上的空白。就算這個空缺會帶來不安，我們也不能用直覺、聯想、幻想去填補——為什麼？因為科學不允許。對，這個時代的知識世界是坑坑疤疤、體無完膚的，那個銜尾蛇般完滿圓融的傳說時代，就像融盡的冰雪，已不復存在。

在科學之光照耀前

這麼說並不是在貶損當代。如果不是身處這樣的世界，我們便無法建立客觀的知識系統；反過來說，在科學之光照耀前，嚴格意義的客觀世界並不存在，世界是主觀心靈的延伸，充滿（乍看來）合理的臆測與妄想。物與物缺乏邊界，一個不注意就能交融，成為新的物，動物可以脫殼蛻變為別的生物，就連人類也被捲入，成為神祕法則的一環。那都是實際發生過，是真的，這是我們認識口傳文學的一個途徑：對先民們來說，那些怪誕離奇的傳說故事並非幻想，而是貨真價實的「知識」。

所以我們也必須知道，先民對動物的想像跟我們截然不同；我們對動物的想像有某種科學標準，譬如隸屬於科學方法建構出的分類，但在傳說中，動物可不僅是物種本身，牠們與人類共同生活，填補了世界的空缺。動物傳說在主觀想像上是有意義的，隱喻了先民對世界的看法，展現了宇宙的秩序，甚至倫理。

南部的排灣人將百步蛇稱為 Vulung——這個字也有年長、長者的意思——他們將百步蛇尊奉為神聖的存在，也是某些部落的守護神；根據《番族慣習調查報告書》，屏東牡丹鄉的加芝來部落認為百步蛇與人類有著相同祖先。不難發現，在排灣人奉百步蛇為神的同時，牠們也因傳說中的親緣被賦予了神性，是超越凡人的聖靈族裔。

既然百步蛇被視為神，排灣人自然不能傷害，與神蛇的互動也需謹慎，這裡就出現了傳統與倫理。動物不只是傳說裡的登場角色，還是生活秩序的一環；動物在秩序的位階中更勝人類，或許是現代人無法想像的，我們認為動物就是動物，既不神聖，也不卑微。動物是客觀的對象，甚至是與生活絕緣的陌生過客，除了寵物、食用動物、工作動物外，幾乎沒有動物參與人類生命的空間。

還有一則有趣的傳說。排灣族的佳平部落認為猴子是人變的。據說有個男子好吃懶做，動不動就拿親戚家裡的糧食來吃，父親勸說不聽，終於動了殺意；某天，他將男子帶到懸崖邊，說要殺了男子，誰知男子卻說「我早知道會有這天」，隨即跳到懸崖邊的樹上，化身為猴子，放話說會回來把大家的糧食全都吃乾淨，等著瞧。

這則生動的傳說，幾乎是當面在控訴猴子了——對人類無益，卻老是來搶人類的糧食！同時人們也透過傳說做出了道德譴責，那些不勞動只會吃的人類，跟猴子有什麼兩樣？也難怪變成猴子！在這些人變動物的傳說中，形體的轉換並不受縛於基因的先天限制，而是隨著人們對動物的想像，將同類型人物的靈魂剪裁進去。

同樣的，漢人間流傳的動物傳說，也反映了人們對動物現象的觀察。譬如劉家謀的《海音詩》裡提到「貓鬼」，注釋說「貓狗骨得溺生毛，便能為祟；故貓死挂之樹、狗死投之水，必送以紙錢」，直到現在，我們也有機會看到死貓被塑膠袋包著，掛在樹上，就是害怕貓死後為祟，顯示這樣的民間俗信，流傳已久。

但為何貓、狗能作祟？根據《海音詩》的注釋，有可能是觀察到遺骨在溼氣重的環境下長出「毛」一般的東西，彷彿死物重新取得生命，長出毛髮——事實上，那很可能是黴菌；但古人不知何謂黴菌，更無法理解為何什麼都沒有的地方會長出新的生命，也難怪會有化妖作祟之聯想。

對尚且不能解釋的事物提出解釋，也是古老傳說的一個功能。

除了《海音詩》外，《民俗臺灣》也記載了另一個「死貓吊樹頭」的傳說。據作者福原椿一郎考察，貓曾與老虎約定傳授彼此的絕學給對方，老虎告訴貓如何以氣勢

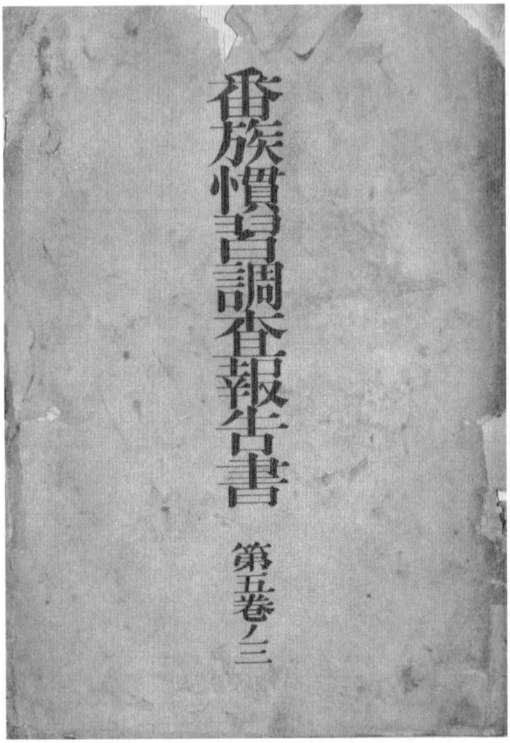

《番族慣習調查報告書》為日治時期臺灣總督府於 1901 年成立「臨時臺灣舊慣調查會」，針對臺灣原住民族，以「社會組織」與「親屬關係」為主的調查，陸續於 1915-1920 年間出版。

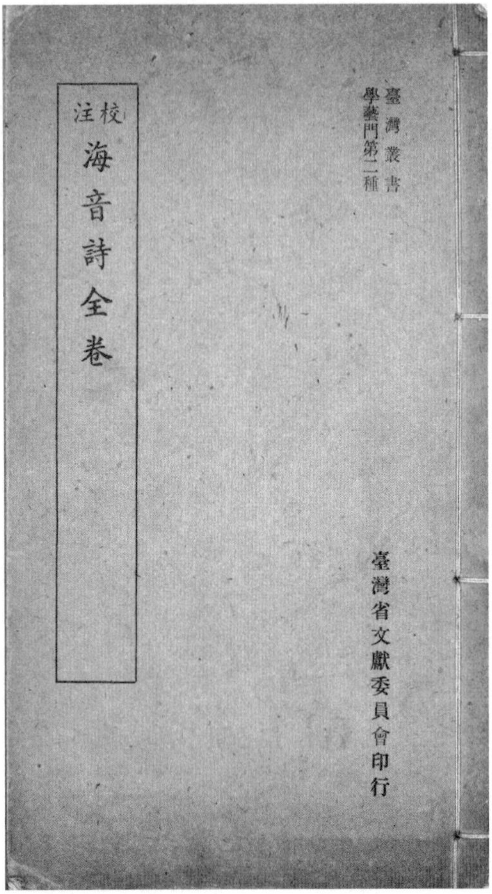

《海音詩》為清代臺灣府學教諭劉家謀所著，描繪臺灣風土民情，也可稍稍窺見當時人如何看待與對待動物。

震懾獵物，貓則教老虎爬樹；誰知貓學會技巧後食言，跳到樹上逃了，從此一直害怕老虎，到哪都將糞便埋起，以免老虎聞到氣味，甚至跟人類協議，貓同意幫人類捕捉老鼠，作為代價，人類要在貓死後將貓掛在樹上，以免老虎扯爛貓屍洩憤。

其實獵捕動物、毀壞屍骸，在大自然裡再尋常不過。這種「死後留個全屍」的想法，與其說是貓的懇願，不如說是漢人照自身文化投射出的哀憐。重要的是，在這則傳說裡，「死貓吊樹頭」不是為了避免死貓成精，而是人類與貓的契約承諾——既展現人類的情義，也強化了貓作為工作動物的性質；透過傳說，貓與人類的關係被穩固確定下來，代代相傳。

成為小說材料的動物想像

口傳文學本無文字，但從清代末年起，仕宦文人已開始記載民間故事；日本時代，官方為了統治之需，致力理解臺灣風俗，人類學家與故事愛好者四處蒐羅，總算將大量的口傳文學保留下來。

不過，口傳文學終究是人們對世界的看法，如前所說，那都是真實發生的——即使現代人斥其為幻想，那也不是蓄意為之的虛構，換言之，並非「創作」。至於懷著明確創作意識，又以臺灣民間傳說中的幻想動物為題材寫成的小說，最經典的或許是佐藤春夫的《魔鳥》。

> 禍伏鳥是什麼樣的鳥呢？聽說長得就像鴿子的形狀；白色，腳也是紅的。但關於它的樣子，知道得更詳細的人，在這世界上並不存在。因為，看過禍伏鳥的活人，在這世上一個也沒有。因為，只要看過這種鳥，這個人就註定要死。當然，能不死而看到這種鳥的人，還是偶而有之。但那只限於禍伏鳥使。

彷彿奇幻小說的設定。看不見的鳥，能驅使魔鳥的「禍伏鳥使」！但這種習俗確實存在，是部分泰雅族之間流傳的傳說。日本時代的人類學家，將「驅使魔鳥之人」以漢字寫作「妖術者」或「魔法遣」（即「魔法使」），說起來，佐藤春夫不過是區區旅人，為何對這個殖民地傳說知之甚詳？很可能是受益於人類學家森丑之助的大作：《臺灣蕃族志第一卷》。

根據紀錄，這些差遣魔鳥的魔法師，是被部落忌憚的邪惡者。要是部落發生壞事，很可能是他們差遣魔鳥所為，因此部落有義務消滅這些魔法師，將其全家殺死——《魔鳥》的故事，就是發生在相信魔法師存在的部落裡。

不過，《魔鳥》並不是邪惡魔法師被部落住民所殺、正義得到伸張的故事，反而是描繪此習俗所帶來的悲劇；他以諷刺的口吻稱日本為「文明國」，並讓這個文明國在故事中不斷做出野蠻行徑，帝國的士兵強姦了泰雅少女，泰雅少女羞愧之餘行蹤詭祕，進而讓部落懷疑少女一家可能就是差遣魔鳥的魔法師，最後造成無可挽回的悲劇。

介紹魔鳥傳說之餘，佐藤春夫也以現代觀點詰問——真的有魔法師嗎？或人們只是被冤枉了？這些質疑或許隱含著殖民者眼光，但刻意與傳統保持距離，同時對「野蠻人」與「文明國」提出詰難。顯然《魔鳥》不僅是傳統情節的再現，而是經過作者審度，材料並非原樣上桌，是經過調理的——對，這是無庸置疑的「創作」。

相較之下，同時代的臺灣作家書寫策略就偏向保守。或許是受殖民壓迫，比起創作，對自身文化流失的憂慮更甚；賴和為李獻璋的《臺灣民間文學集》作序，便提及其書旨趣：「因為每一篇或每一首故事和歌謠，都能表現當時的民情，風俗，政治，制度；也都能表示著當時民眾的真實底思想和感情，所以無論從民俗學，文學，甚至於從語言學上看起來，都具有保存的價值。」

是的，原本本書的重點在於保存，而非創作。但即便如此，還是可以看到當時文學觀對故事的影響。譬如，〈石龜與十八義士〉是這麼開頭的：

> 那是冬天很寒冷的一個晚上，一箇農民有緊急的事情般的循著畔道，朝向城裡忙著趕路。這時，冷風刮得刺一般地鑽進身裡，四邊被懸在中天的明月照的格外寂寞起來，他——農民只管跑著不遑旁顧，好像夢遊病者一樣地。

這不是民俗學紀錄，已是小說的寫法。

《臺灣民間文學集》裡許多故事都是以此方法寫成，除了原本民間傳說的情節，還添加了情境描寫，對角色心態也多有著墨，這其實與民俗學的精神頗有牴觸；如此加筆後，這則故事究竟是屬於民間，還是屬於作者個人呢？雖然《臺灣民間文學集》的立意是保留文化，但受當時新潮的文學觀影響，已脫離單純的民間文學，屬於某種「創作」了。

以〈石龜與十八義士〉為例，這篇故事記載府城南門石龜的由來，顯示幻想的材料，原是與生活緊密相接；文中提到的石龜原被放置於南門公園，現在則置於赤崁樓。最初，百姓發現有龜精作祟，龜精還會幻化為黑馬或大蛇，踐踏、偷吃農作物，讓人深感恐懼，為了鎮壓龜精，百姓製作石龜來祭祀，情況雖有好轉，卻無法根治，後來發生林爽文之亂，由福康安平定，乾隆大喜，立石碑讚揚福康安，鄉里討論之後，便將這些石碑壓在石龜之上，才徹底鎮住牠們。

這段故事，究竟哪些是民間傳說？哪些是作者的詮釋？這點已不可知，但南門石龜流傳著妖精傳說，想必曾令府城居民津津樂道吧！許丙丁所著的《小封神》，也以這些石龜為題材寫了〈九龜精陣亡山仔頂〉等章節。

故事中，龜精原本是龜靈聖母的手下，在山仔頂跟雷震子大戰，最後被雷震子以巨石壓在龜殼上，難以脫身，龜靈聖母則被打破龜殼，灰心喪氣之餘自殺身亡，肉體被人發現後，供奉於南廠保安宮。現在保安宮確有名為「白蓮聖母」的石龜，其龜殼上的凹槽，原本是放置石碑之用，許丙丁卻解釋成雷震子的黃金棍所擊裂；《小封神》以異想天開的幽默情節解釋府城眾多名勝、地景之由來，雖屬創作，卻顯然繼承了民間傳說的精神——亦即，萬事萬物都有解釋，有其通俗易懂、戲劇性、或符合倫理的由來。

《小封神》為許丙丁以漢字書寫的臺語章回小說，取材自臺南寺廟神佛。日治時期曾於《三六九小報》連載，並發行單行本；其後，作者於 1951 年以中文進行增補出版。

奇幻文學的時代

「奇幻文學」其實是頗為新穎的文類，即使在西方都是如此。在此之前，雖有騎士文學、哥德文學為先驅，但現在對奇幻文學的想像，多半還是於二十世紀上旬，由英國作家托爾金的《魔戒》與美國作家勞勃．霍華的《蠻王柯南》等作品奠定而成。至於臺灣，則約莫是在二十世紀最後幾年，與奇幻類遊戲一同傳進臺灣，並隨著奇幻電影帶起風潮。

必須指出的是，典型的奇幻文學誕生自西方脈絡，在臺灣，它們是被平行移植，對臺灣文學來說，那是前所未有的異質存在，這種異質自然也影響了人們對「幻想動物」的想像；譬如，幻想動物已非純粹的幻想，而是某種程度受過理性之光的照耀，與理性、科學的現代知識體系嵌合。

譬如惡龍（Dragon），不是可以用薄薄的翅膀撐起龐大的身軀嗎？還能吐出灼熱火焰，牠是怎麼做到的？生物學上有可能嗎？過去西方人不在乎，畢竟重點不是「怎麼做到」，而是「做得到」。然而隨著地理大發現，原本被認為有凶猛怪物的遙遠彼方也被納入西方視野，結果根本沒有怪物，只有不熟悉的物種；博物學的觀念因此出現，這些博物學家致力於蒐羅世上所有物種，建立系譜，認定有個客觀、普遍的框架能說明所有物種間的關係，並與其他知識體系（如生物學）交流。

在其影響下，過去不需解釋的奇幻生物，竟也需要現代知識體系背書了。譬如《復活師：傳奇醫師史賓賽．布萊克的失落祕典》一書，虛構了瘋狂解剖學家的筆記，細細解說奇幻動物的生物學構造……這並非孤例。奇幻創作設定異世界生物的生態系，某種程度上已算基本功，就連日本遊戲《寶可夢Go》裡的《寶可夢圖鑑》，也為眾多寶可夢設計相關的生態描述，就算遊戲中不會用到。

臺灣奇幻小說家也接受了這種思想——奇幻生物，或奇幻世界可經由現代知識體系轉化，最經典的例子或許是李伍薰的「海穹系列」，作者依照其生物學、生態學素養，設定了嶄新的智慧種族「歌瓦」，不只提出歌瓦族在生物分類表上的位置，還像體質人類學般，描述了不同歌瓦族的體質表現（如平均身高、尾長、壽命，還有性成熟年齡、生殖方式等），更進一步設計這群海上遊牧民族的習性與種種細節。

這種看待「幻想動物」的思考方式前所未見，臺灣對「幻想動物」的想像，透過「奇幻小說」打開了新的大門。譬如二〇一五年，行人出版社出版《臺灣妖怪研究室報告》，賦予魔神仔、人面魚等鬼怪科學性的描述。書中將魔神仔描述為靈長目的一員，雜食性，之所以會讓人迷路，是因為牠們能釋放麻醉性生物鹼云云，顯然在博物學等科學知識的影響下，傳統鬼怪被拼貼到現代知識體系的樣板中，成為不恐怖、可以被理解的存在。不只如此，當物種確定，牠們的妖怪身體甚至無法變化。

在原住民傳說中，人可以變猴子，變鳥，鹿的陽具掉到水裡可以變成螃蟹，過去物種間的變換無方，宛若魔法般的關係，被現代知識體系徹底凍結，但這種「幻想動物想像」就是這個時代的最終結論嗎？

另外，科學化也造成「價值的消滅」——如果百步蛇只是某種動物，那還會具有神聖性，需要崇敬嗎？簡言之，在奇幻小說中創造前所未有的奇幻生物是一回事，但以現代知識體系觀看過去的文化裡的幻想生物則是另外一回事。某種程度上，科學的觀看能興起，也象徵著傳統價值的消亡；過去存在於倫理秩序裡的幻想動物，因秩序鬆動而失去原有功能，所謂的科學化並非除魅，而是娛樂化，是讓文化殘骸服從這個時代的方式。

但這並非當代唯一的觀看角度。譬如甘耀明的〈魍神之夜〉，主題是客家「魍神」，也就是「魔神仔」，但魍神不是遵循古典形象，而是眾多擁有魔力的動物的混合體；故事中，魍神是野貓、是黃鼠狼、是石虎，透過這些動物形象，魍神簡直就是大自然的化身！因此魍神拐走孩童，讓孩童看到幻影，其實反映了大自然與人類間令人不安的面向。

雖然〈魍神之夜〉的魍神不是傳統形象，換言之，並未再現傳統的世間秩序，但這些彷彿有著共通意識、還能施展魔法的野生動物們，展現了不下傳統魍神的魔力，甚至更勝以往；在這樣的故事中，動物的神聖性沒有被消除，只是轉向，甚而被引導到具當代性的環境議題。

這暗示了另一種可能。我們對傳統幻想動物的想像——如天狗、貓鬼、虎爺等——真的只能服膺科學的指導嗎？或是我們也可以展現當代的秩序、倫理、以及價值？這是現在進行式，還有更多的奇幻創作正在進行中。在這個妖怪文化興起、傳統鬼怪重新現身的時代，「幻想動物」究竟會承載怎樣的想像？

可能性是無限的，這值得我們繼續觀察。

……………

參考書目

佐藤春夫：《殖民地之旅》，臺北：前衛出版，二〇一六年。

甘耀明：〈魍神之夜〉，《水鬼學校與失去媽媽的水獺》，臺北：寶瓶文化，二〇〇五年。
行人文化實驗室附屬妖怪研究室：《臺灣妖怪研究室報告》，臺北：行人出版，二〇一五年。
李獻璋：〈石龜與十八義士〉，《臺灣民間文學集》，新北：龍文出版，一九八九年。
李伍薰：《海穹金鱗》，臺北：蓋亞出版，二〇〇三年。
許丙丁：《小封神》，新北：樟樹出版，一九九六年。
福原椿一郎：〈民俗採訪：死貓吊樹頭〉，《民俗臺灣》，臺北：南天書局，二〇一七年。
臺灣總督府臨時臺灣舊慣調查會：《番族慣習調查報告書》，臺北：中央研究院民族學研究所，二〇〇三年。
劉家謀：《校注海音詩全卷》，南投：臺灣省文獻委員會，一九五三年。

延伸閱讀

王家祥：《海中鬼影：鯤人》，臺北：玉山社，一九九九年。
李伍薰：《飄翎故事》，臺北：春天出版，二〇〇五年。
邱常婷：《魔神仔樂園》，臺中：晨星出版，二〇一八年。

長安：《蛇郎君：蠔鏡窗的新娘》，臺北：聯經出版，二〇二一年。
葛葉：《風暴之子：失落的臺灣古文明》，臺北：蓋亞出版，二〇二〇年。
臺北地方異聞工作室：《唯妖論：臺灣神怪本事》，臺北：奇異果文創，二〇一六年。
臺北地方異聞工作室：《尋妖誌：島嶼妖怪文化之旅》，臺中：晨星出版，二〇一八年。

思考我們思考的方式：臺灣科幻小說中的動物

林宛瑄

科幻小說向以關注科技如何影響社會著稱。由於動物自古即與人類密切互動，自喬治．威爾斯於一八九六年出版的《莫羅博士島》以來，科技怎樣形塑人類與動物的關係，動物意象如何反應出科技焦慮，科技發展的效應是否可能帶出對動物本質與處境的重思等等，亦是西方科幻文學中常見的議題。論者多將張曉風在一九六八年出版的《潘渡娜》視為臺灣科幻小說的開端，由於發展時日較短，可資對話的文類傳統仍有待建立，但在有限的科幻創作中，仍不時可見動物元素，尤常出現於文明浩劫或生態危機所造成的災難場景中。

未來廢墟中的獸群

做為臺灣科幻小說先驅之一的黃海，在八〇年代創作了包含《鼠城記》、《最後的樂園》及《天堂鳥》的「文明三部曲」。三本小說的故事不相連貫，但都關注地球的生態環境毀於戰亂災變之後，人類如何藉由科技掙扎求存。《鼠城記》描寫核災後一個地球城市大銀城的亂象，空氣與水源都已受到嚴重汙染，人們必須隨時戴著號稱「八戒鼻」的空氣過濾器，產官界籌畫建造可形成自給自足生態系的溫室保護罩。《最後的樂園》中，地球多數地區都因生態災難而不宜人居，強國歌麗美雅打造大氣保護罩，控制生育以減少地球人口，並研發承接活人思想記憶的永生機器人，進行星際移民。《天堂鳥》中，人類永生機器系統已全面成熟，改頭換面的人類在未來太空中享有無盡的壽命。

人機合體定義了「文明三部曲」中的未來夢，被用以凸顯環境如何崩壞人性如何倒退的，則是動物意象。顧名思義，《鼠城記》的大銀城中鼠滿為患，不畏輻射的老鼠以滿地城市垃圾及死於生態變異的動植物為食，與成群竄飛的蟑螂蠅蚋一樣，已是災後日常景象。人們因蟲鼠造成的不便將之視為厭惡動物，大銀山警察專職捕捉這些「可怕」的動物；為非作歹者則被比喻為鼠輩，捕鼠人劉一刀抓到小偷時得意聲稱自己像「抓老鼠一樣抓到了他」，曾被迫出賣肉體以還父債的劉小青亦自認命賤如蟲豕。

《最後的樂園》則刻劃饑荒時人鼠爭食甚至人吃人的慘況，並在開篇引用卡夫卡「人類的祖先是猴子」之說，感嘆人們為求生存退化為野獸；窮國菲里斯反政府派長毛黨因率先獵殺屠宰同類而被稱為吃人黨，首領戚將軍即據稱渾身長毛，宛如大猩猩。

「文明三部曲」的生態末日警世寓言，訴諸的是人將無異於禽獸的焦慮。黃海指稱有能力發展科技文明的人類為地球上的超猛獸，似乎肯認人有著與生俱來的動物性；但在文明戰事毀了生態環境後，人類或苦於蟲鼠充斥居住空間，或懼於人口過剩如獸群導致的同類相食，其憂慮的核心皆是難以明確劃出與動物及動物性的界線，厭惡動物引發不潔與恐怖的聯想，動物性更蘊含貶意，意味著野蠻低等。《最後的樂園》中史德衛「人畢竟是一種可怕的動物」的感嘆，其終極意涵是文明人必須克服可怕的「原始獸性」；無法控制繁殖本能導致人口爆炸的「落後」國家人民，在該國總理眼中等同於「畜生」。

「文明三部曲」對不同動物的態度確實並非鐵板一塊，《鼠城記》中描寫食品製造廠老闆梅良新試圖保存瀕臨絕種的貓，方義平並運用冷凍胚胎技術將貓的胚胎帶回人類在火星的據點，《最後的樂園》中的歌麗美雅也是願意為救助鑽進水溝裡的家貓大費周章的社會。小說角色對貓的護持之心，或如《鼠城記》所說是因量少而珍稀，也可解釋為對同伴動物的偏愛，然則馴化家貓與「有害」蟲鼠的對比所反映的，似乎還是人類中心的價值判準。

史德衛身為歌麗美雅實驗室主任，信奉人獸終應有別，人類且可以高等生物之姿，基於自身利益對動物進行各種殘酷的實驗。為了促進人類的健康與安全，實驗動物的犧牲是不得不然，甚至是一種無人可以指責的「廉價的消耗」；看到在交通工具撞擊測試實驗中頭破血流昏死過去的狒狒被活體解剖，他只覺得工作人員「幹得好」，並以「我們只是遵命行事」為由，打發任何對實驗必要性的質疑。

但《最後的樂園》還是呈現了另一種看待動物實驗的態度，描繪動保人士戴著各種實驗動物面具遊行示威，要求科學家重視動物生存權，停止虐待動物。史德衛斥之為沒事找事幹，重申實驗動物的犧牲是「沒有選擇的餘地的」。但研究員藍美姬提醒史德衛，動保人士的訴求之一，是以「實驗室裏培養出來的類似生命的組織」取代活體動物來做研究，意味著動物實驗並非毫無選擇不同做法的餘地；她也明白表示自己為實驗室中殘忍「謀害動物」的做法感到難過，即使被史德衛嘲笑是婦人之仁作祟，依然堅持「至少該對這些犧牲的動物稍存一點憐憫之心」。

即使書中並未對實驗動物議題多加著墨，動保人士的不平之鳴，以及藍美姬面對工作的內心掙扎，至少讓動物實驗顯得不那麼理所當然，無論是必要性或實驗方法都有商榷的空間。藍美姬終因不忍動物之心轉換工作單位，初次與新主管會談時並且再三提及實驗的殘酷，所凸顯的正是動物有感受痛苦的能力，這是史德衛用以合理化動物實驗的人類進步論述無法抹煞的事實。

藍美姬對史德衛的質疑，是從實驗動物倫理角度對科技發展主義提出的扣問，某種程度上構成了「文明三部曲」警惕未來災難的一環。《天堂鳥》中，人類藉由將思想性格記憶輸入機器人的方式獲得永生，但科技克服人終有一死的自然律後，人類社會卻迎來了導致下體潰爛的瘟疫。黃怡婷指出，黃海藉此傳達對科技違反自然的憂慮，並借書中九千歲的角色博古今之口，表達人類到達人機合體的未來後，反而希望回到「原初的地球環境，一個有各種動物活動的世界，一個有生、老、病、死的自然和諧的世界」。

綜言之，黃海演繹卡夫卡關於人的祖先是猴子而機器人是其未來的想像，一方面以「蟲鼠當道、人淪為獸」的末日景象傳達對生態崩盤的憂慮，一方面以對人與其他動物共生於自然環境的憧憬，表現對人定勝天科技夢的質疑。「文明三部曲」觸及動物實驗的道德問題，也如黃怡婷所說，倡議人應該認清己身與動物的依存關係，動物生存權說事實上呼應了生態環境倫理。然而《最後的樂園》與《鼠城記》中對動物性與所謂害蟲害獸的貶抑拒斥，卻指向某種人類自我認同危機，以及將特定物種從所謂人類空間排除出去的劃界執念。小說中並存的矛盾思維，說明了人與動物間關係的複雜性，以及持續質疑反思的必要性。

世紀之毒與變種水母

李鋅銅的《入侵鹿耳門》與《鼠城記》雷同，以動物意／異象來召喚對環境汙染的恐懼。故事中臺南鹿耳門古運鹽河尾端地區陸續發現被稱為四草水母的巨大水生動物上岸，會攻擊吞食人類與家畜，動物防疫所發給媒體的聲明中如此描述牠們：

> 今天凌晨一時左右在臺南市四草漁港發現的生物，發現時已經死亡，死亡主因

是被一名漁民用殺魚刀朝生物頭部重擊並砍殺致死。從外表看來，這種生物像是水母和章魚的混合體，傘蓋直徑約六十釐米，有八隻腕足，或稱觸手，平均長度為二點二米，最粗部分在靠近頭部下方，直徑約十一釐米，愈向尾端延伸愈細，每隻都有類似章魚的圓形吸盤。位於頭部下方的口會釋放出透明無色消化液，帶有強酸及腐蝕性，還有輕微毒性，初步研判構造接近軟體或腔腸動物，也有部分類似甲殼動物特徵，應該是一種未發現的新物種，還在查證中。

小說描述成大生物系王建平教授研究發現，四草水母體內有「比一般海洋生物高出至少十幾倍的重金屬」。地方記者李文同抽絲剝繭後判定，從出海口上岸的都是雄性，為的是返回重金屬汙染嚴重的台鹼大池與雌水母交配。

此處的台鹼大池汙染情形，乃是基於真實狀況寫就。大池是位於現稱中石化安順廠廠區內的貯水池，中石化安順廠前身為台鹼安順廠，早期製造五氯酚鈉和鹼氯，導致廠區與周圍水土受到五氯酚鈉、戴奧辛及汞的多重汙染。不知情的附近居民長期食用自家魚塭養殖的魚蝦，甚至在台鹼大池捕魚，血液中戴奧辛濃度遠高於平均值，家住廠區旁的吳信女士的數值更刷新世界紀錄，經披露後震驚社會。《入侵鹿耳門》中的台鹼大池孕育出帶有戴奧辛基因的四草水母，幼體循汙染路徑出海，繁殖季時再憑著對戴奧辛的生物感應返回大池，因而接連發生移動路徑上有人被水母吃掉的事件。

負責擬定應對策略的異常生物災變管制局，決定在大池和魚塭周邊部署步兵，試圖消滅四草水母。雙方遭遇的過程有如異形特攝片的情節，士兵在等待發動攻擊前也自覺如同置身電影場景，思及差別只在於面對「另一種對人類產生威脅的異種生物」時「就像打靶一樣」，扣下扳機時「不費腦筋」，「不會有殘酷感覺」；展開作戰後他們則驚覺，面對「地球上從沒出現過的異形」時，魚塭邊土堤「已經不是人類所能夠控制的世界」。軍隊終究只能任多數水母完成交配後游回大海，故事結束於新生幼體以更嚴重汙染區為目的地的遷移。

《入侵鹿耳門》將重金屬汙染對人體健康的威脅與傷害投射到變種水母意象上，水母樣貌、生物特性與行動模式被奇觀化甚至妖獸化，或為營造恐怖警惕效果，是環境災難類型作品常見的套路。但若從物種相互遭逢的角度來看，雖然四草水母會吃人因而顯得可怕，但人為製造的汙染是生物突變的原因，牠們只是具備了較人類強大的毒素適應力，且活動路線及繁殖地與人類生活空間重疊，時而產生人不樂見的衝突。

追本溯源，水母事件是人類活動造成的後果，將罪責歸於牠們，視之為須除而後

《海天龍戰》為葉言都之科幻小說集，收錄〈綠猴劫〉等篇，於1987年由知識系統出版有限公司發行；2020年的32年紀念新版則以《綠猴劫》為名，由時報出版。

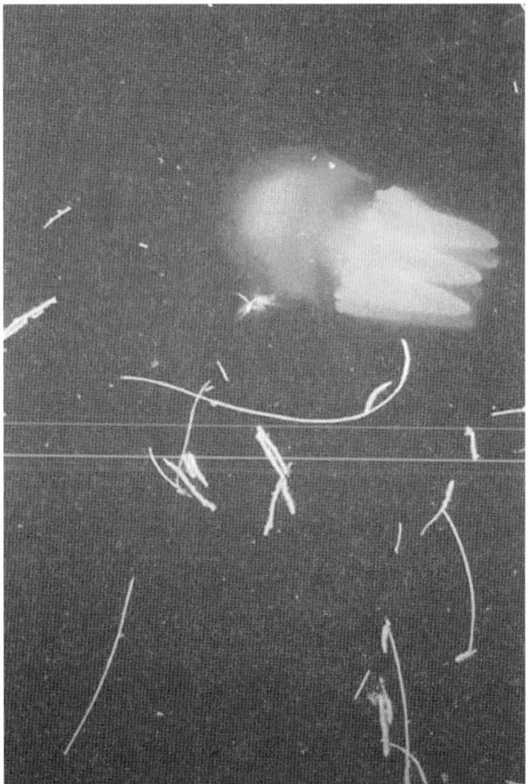

端鞭水母又稱四草水母，近年常於四五月繁殖季時，逐浮游生物而漂游至四草與安平岸邊。影像攝於安平區億載金城護城河。（陳志誠攝）

快的妖魔異種，無異於忽略了人類在事件中扮演的角色。軍隊無法戰勝水母的結局，或許傳達了這樣的訊息：與其擔憂人類無法控制變種生物，不如面對宰制自然思維的局限，重啟思考與感覺，並體悟所謂人力不能及未必只能是恐怖災難，而可能是探索人之外寬廣世界的起點。

生物戰的犧牲者

除了工業汙染之外，科幻作品中亦常見失控的科學實驗衝擊環境所致的災禍事端，葉言都的〈綠猴劫〉與〈迷鳥記〉即是二例。誠如林建光所言，葉言都的作品常反映戒嚴時期臺中美三方的政治與軍事糾葛，這兩則短篇小說中都提及的「加西亞」顯然指涉中國，情節也都涉及對加西亞作戰整備所進行的生化戰實驗。

〈綠猴劫〉中，意指臺灣的「我國」為了贏得與加西亞之間的生化武器競賽，在暗喻綠島和蘭嶼的啟明島上設立研究所，研究一種西太平洋島區特有且可在猿、猴與人類等任何靈長目動物間傳播的綠猴症。敘事者之一吳志剛研究員自陳，研究所中沒有「滿口仁義道德的迂闊夫子」，一起進行「沒有禁忌的研究，這才是真正的研究」。團隊人員以各種猿猴進行活體實驗，並認為研究所既然「從來沒有用人做過實驗，沒用過死刑犯人，更沒有用過土人」，便已符合人道精神。

所內工作緊繃，部分工作人員便趁公餘帶些物品到島上原住民尼魯人的村落中，換取一點娛樂。尼魯人舉行猴靈祭的夜晚，所內人員不慎把培養了綠猴症病菌的洋菜培養基帶到祭典上，導致疫情爆發。研究所主任張有為為了減輕處分，要求吳志剛與同事「趁機會」完成之前基於人道理由無法進行的兩項實驗；其一是以染疫尼魯人為對象，觀察人類感染綠猴症後，不加治療時多久會死亡，其二則是為健康尼魯人施打綠猴症疫苗，確認接種反應。吳志剛的哥哥吳志同是一位人類學教授，正好帶學生到島上進行關於尼魯人宗教信仰的田野調查；眼見尼魯人因研究所管理不當事故而大批死去，主任更打算趁機進行人體實驗，痛批所方為了自保犧牲離島住民。

啟明島的綠猴症實驗風波，凸顯了如高橋哲哉所謂的「犧牲的體系」之思維。吳志同這樣描述啟明島：

> 這個小島一直是管制區，凡是本島最不受歡迎的東西，都會被搬到這裡來。重刑監獄從前在島的東南角，後來核能發電大行其道，犯人就被遷離，代替他們的

是核子廢料。

本島以國家社會安全之名，一直以來都在犧牲尼魯人的利益與生命。事件結束後，政府對張有為採取措施的評語是「處置尚稱得宜，研究計畫亦未受影響而適時完成」，顯然罔顧實驗造成的「別人的犧牲」；無法認同人體實驗的吳志剛，與為尼魯人遭遇感到義憤的吳志同，則在政府隱匿事實的相關報導中，一併被消音了。

然則最徹底被排除在社會視聽甚至考量之外的，是早先用於實驗的猿猴，以及島上被疫情波及的啟明獼猴。猿猴在「犧牲的體系」中被犧牲得理所當然，沒有研究員對於以牠們進行實驗有過任何猶豫或不忍；綠猴症是致命的靈長目傳染病，但沒有人思考過疫情對島上獼猴的衝擊，遑論如何救治牠們。故事結尾感染綠猴症後從樹上跌落的啟明獼猴，發出的尖叫聲無人聽聞，無人在意。

思考我們思考的方式

〈迷鳥記〉加入了與加西亞敵對的另一民主大國克奇茲，指涉臺灣的「我國」則成了布龍國。克奇茲軍情單位從南美洲的馬和驢身上找到一種VEE病毒，能引發包括人在內的哺乳動物與鳥類共通的傳染病，將之研發為生化武器，希望能用以在加西亞境內引發疫病，阻止他們對克奇茲太平洋屬地的出兵計畫。為了神不知鬼不覺地投放病原體，軍方決定利用候鳥遷徙的習性，將定期往來於太平洋小島與加西亞的黃嘴鷗當成自備導航系統的投射載具。克奇茲派遣具備候鳥知識的情治人員柯爾曼到小島上，展開生物作戰計畫：

我和三個同志帶著五千劑VEE病毒出發，這些病毒裝在一種有機物製成的細長膜囊裡，囊中已經加好一定分量的培養劑，使病毒能繼續繁殖，膜囊仿效長效避孕劑的方法製造，可以植入動物的皮下或脂肪層中。植入後由於動物的體溫和吸收本能，膜囊會非常緩慢的溶解，以鳥類新陳代謝的速度來說，大約四十五天就會穿破，這時繁殖已滿的病毒破殼而出，攜帶病毒的鳥當然立刻感染，不久會死亡，病毒因之更加散播，就可以達到作戰的目的。

柯爾曼如實執行了任務，但數天後得知，有一隻迷航的黃嘴鷗，飛到了布龍國一艘船上。撿到牠的舵工杜茂財想帶回家給小孩養，通關檢查時被海關當成「非法私貨」扣押沒入；衛生署則表示外來動物不論是以什麼管道入境，一律要先行檢疫確認健康無病，並將黃嘴鷗送至動物園代檢；環境局基於推動社會生態保育觀念的職責，也待命準備處理後續事宜。事情見報後，愛鳥協會亦開始關切發展，尤其在為收拾善後的柯爾曼假借動保之名，偕同不知情的候鳥學者賀欽森抵達布龍國後，更希望在遠來的和尚面前將迷鳥放飛，藉機扭轉布龍國動保觀念落後的國際形象。黃嘴鷗最終還是在柯爾曼慫恿下，被希望以形補形的布龍國富商鍾金城燉煮消毒，吃進肚中；牠的同類則如期飛到加西亞，引爆了疫情。

迷途的黃嘴鷗驚動了各方勢力，但驚動的理由各自不同；〈迷鳥記〉以眾聲喧譁的敘事策略，說了一個「一隻迷鳥，各自表述」的故事。對柯爾曼來說，牠是生物作戰實驗那百分之二點幾的誤差；對杜茂財來說，牠是用來取悅小孩的寵物；海關把牠視為走私貨品；衛生署在意的是牠是否為疾病源；動物園為牠檢疫過後即當成燙手山芋丟給其他單位；環境局希望藉牠教育民眾；鍾金城則視之為壯陽補品。

黃嘴鷗事件凸顯了三個國家的政治交鋒，也讓各種意識型態浮上檯面變為可見，但相對地，環繞著黃嘴鷗的各路人馬是否真的「看見」了牠？借用香港作家張婉雯對

「既得利益者」論述的省思，當故事中角色在討論黃嘴鷗時，他們在討論什麼呢？是在怎樣的脈絡中考量牠呢？

從人類社會或官僚體系出發的視角，看見的多半是黃嘴鷗的軍事、娛樂、食療、公衛、法律等價值或定位；或許只有愛鳥協會會長梁泰英與候鳥專家賀欽森兩位，試著超越人類的經驗與想像局限，感受黃嘴鷗自身為他們帶來的喜悅。梁泰英為海上波光映襯的迷鳥身影之美而感動，暗自希望布龍國的下一代不要「像他們的父母一樣，看到一隻新奇的鳥時，想到的只有把牠抓進籠子或送入腹中」。賀欽森在太平洋小島上觀測黃嘴鷗時，看到大群候鳥返回島上，興奮激動不已：「這些守信的動物，一年經歷如此遙遠的雙程不著陸飛行，竟能回到大洋中這片小得可憐的陸地，絕對不是我們這些自命為萬物之靈的人類所能想像與企及的。」業餘愛鳥人士與科學家的眼光，不約而同地聚焦於黃嘴鷗所指向的人之外。

在《與麻煩共駐》（*Staying with the Trouble*）中，唐娜・哈洛葳試圖探討當生態環境日趨崩壞時，不同的物種形成怎樣的連結，如何回應彼此，思考自身的責任，不逃避共處時可能感受到的麻煩，摸索好好共活共死之道，而科幻正是實驗如何形成與麻煩共駐之諸種情境的方法之一。

觸及生態災難的臺灣科幻小說，從各種切入點警示科技可能造成的衝擊；而在災難情境中出現的各種動物們，也許看來麻煩或甚至可怖，也許隱沒在出於人類本位思維的論述中，但牠們總已是與人類連結的人外存在，呼召人類對牠們作出回應，思考自身是以什麼方式在思考人類有意無意形成的各種連結，察覺人不僅不可能獨立存在，甚至可能是所謂麻煩的根源，進而開始思索承擔自身在連結中的倫理責任。

參考書目

Donna J. Haraway, *Staying with the Trouble: Making Kin in the Chthulucene*, (Durham: Duke UP, 2016).

Herbert George Wells, *The Island of Dr. Moreau*：赫伯特．喬治．威爾斯著：《莫羅博士島》，臺北：普天出版，二〇一八年。

Sherryl Vint, "'The Animals in That Country': Science Fiction and Animals Studies," *Science Fiction Studies* 35.2 (Jul. 2008), 177-188.

高橋哲哉著，李依真譯：《犧牲的體系：福島．沖繩》，臺北：聯經出版，二〇一四年。

李鋅銅：《入侵鹿耳門：二〇〇五臺灣生存保衛戰》，臺北：大旗出版，二〇〇四年。
林建光，〈政治、反政治、後現代：論八零年代臺灣科幻小說〉，《中外文學》第三十一卷第九期，二〇〇三年。
陳國偉：《類型風景：戰後大眾文學》，臺南：國立臺灣文學館，二〇一三年。
黃宗潔：《牠鄉何處：城市．動物與文學》，臺北：新學林出版，二〇一七年。
黃宗慧、黃宗潔：《就算牠沒有臉：在人類世思考動物倫理與生命教育的十二道難題》，臺北：麥田出版，二〇二一年。
黃怡婷：〈黃海《文明三部曲》之生態批評初探〉，《東華中國文學研究》第八期，二〇一〇年。
黃海：《最後的樂園》，臺北：紅狐出版，二〇〇二年。
黃海：《鼠城記》，臺北：紅狐出版，二〇〇三年。
黃海：《臺灣科幻文學薪火錄（1956-2005）》，臺北：五南文化，二〇〇六年。
葉言都：《綠猴劫》，臺北：時報出版，二〇二〇年。
張婉雯：〈當我們談論動物時，我們在談論甚麼〉，收入《牠鄉何處：城市．動物與文學》，臺北：新學林出版，二〇一七年。

延伸閱讀

林燿德：《時間龍》，臺北：時報出版，一九九四年。
吳明益：《苦雨之地》，臺北：新經典文化，二〇一九年。
汪文豪：〈回顧「鹿耳門悲歌」戴奧辛＋五氯酚＋汞的汙染夢魘〉，《天下雜誌》，二〇一五年十月。

以圖文書為鏡：從繪本看臺灣社會動物意識的變化

黃宗慧

「我學會活在當下了。」

「怎麼做？」男孩問。

「找個安靜的地方，閉上眼睛，呼吸。」

「好主意，然後呢？」

「然後專心想。」

「專心想什麼？」

「蛋糕。」鼴鼠說。

這是查理．麥克斯（Charlie Mackesy）《男孩、鼴鼠、狐狸與馬》（*The Boy, the Mole, the Fox, the Horse*）其中的一段對話。溫柔的畫風搭配激勵人心的文字，讓這本二〇一九年出版的圖文書成為暢銷全球、深受歡迎的作品。在自然界以昆蟲為主食的鼴鼠，在書中化身為男孩的旅伴，心心念念追求的食物是蛋糕。與他們同行的，還有寡言的狐狸以及睿智的馬，而各種關於愛、關於自我價值、關於人生意義的箴言，不斷地透過對話，特別是透過動物之口，傳遞出來。它一如我們熟悉的許多圖文書，由無所不在的動物們，肩負起讓讀者得到療癒、感受啟發的任務。

無所不在的動物？

其實透過擬人化的動物來談「人」的事，幾乎是動物圖文書的「經典基本款」，而且不分語種。如果鎖定以兒童為主要讀者群時更是如此，從生活規訓到教導他們面對死亡，以動物為主角都不啻是個好選擇，既能迅速吸引小讀者的目光，又能透過動物的「緩衝」，溫柔地傳達一些相對艱澀的課題。例如羅倫絲．艾凡諾（Laurence Afano）的《你到哪裡去了？》（*Où Es-tu Parti?*）亦是以鼴鼠為主角，透過目睹哥哥意外死亡的小鼴鼠從失落不解走向平靜接受的過程，試圖把一知半解的孩童對於死亡可能產生的疑惑，化為溫暖的圖文，藉以達到開解的效果。

又如秋元康撰文、城井文繪圖的《象爸的背影》（*Zou no Senaka*）也屬此類作品，「預知死亡紀事」的象爸告訴子女只要在第一個晚上為他哭泣就好，並以珍貴的回憶點滴來安慰子女。回憶中的「家族活動」包括幫孩子選購衣服、海邊戲水，也包括日本常見的親子活動，傳接球練習。顯然，象非象，而是戴上動物面具的人。

臺灣當然也有不少這類型的圖文書，例如幾米的《走向春天的下午》雖然充滿了動物元素——除了陪伴故事主角踏上旅途的小黃狗阿吉，畫風較為寫實的羊群、鴨子、小鳥之外，還有充滿奇幻色彩的大兔子、跳芭蕾的河馬，以及懂得擁抱傷心小女生的獅子——但這些動物更像是布景，目的在於讓主角追憶死去朋友的歷程，因為有瑰麗斑斕的動物們存在，顯得不那麼寂寞灰暗。而儘管動物在其中並沒有開口說話，但一如先前提及的國外繪本，動物的出現都可說是為了處理人的難題，譬如幫助年幼的讀者練習說再見，所形塑的角色。

雖然圖文書中的動物形象一直如此鮮明，但當我們想探問真實動物的身影何在時，卻可能發現牠們並非無所不在。有時牠們就僅僅是，不在。

早期繪本〈獨臂猴王〉文本手稿影本，本書為兒童文學作家李潼，受行政院農委會和國語日報社合編的自然生態保育叢書所託，於1988年出版之繪本。內容提及當時盛行之山產店與捕獵等事。

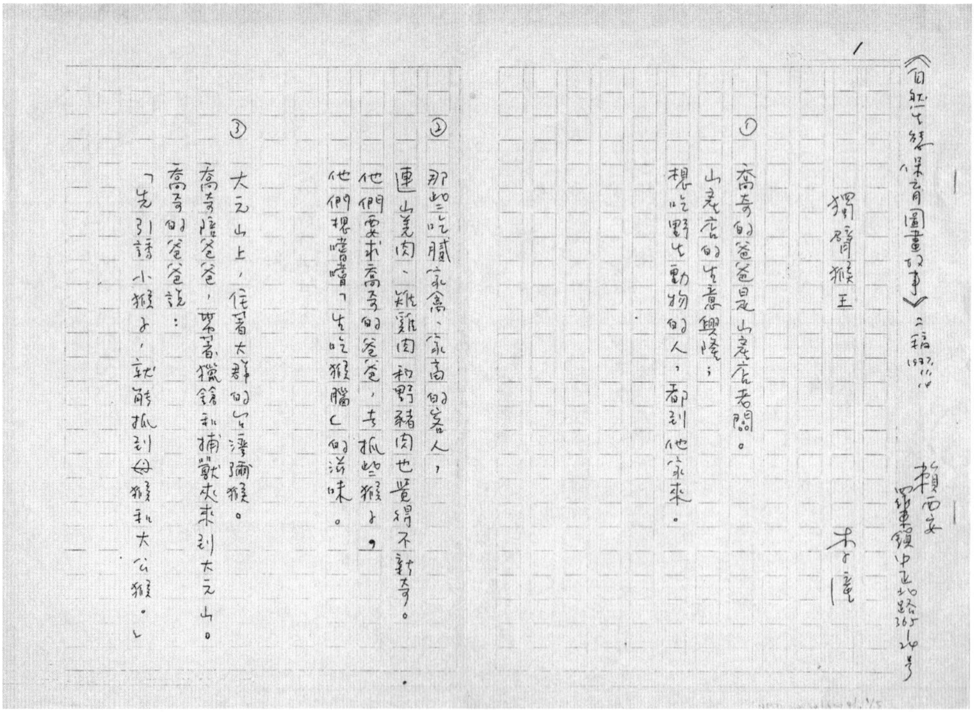
《自然生態保育圖畫故事》二稿

1

獨臂猴王

李潼

賴西安
羅東鎮中正北路365-24號

① 喬奇的爸爸是山產店老闆。
山產店的生意興隆；
想吃野生動物的人，都到他家來。

② 那些吃膩家禽、家畜的客人，
連山羌肉、飛鼠肉和野豬肉也覺得不新奇。
他們要求喬奇的爸爸，去抓些猴子，
他們想嚐嚐「生吃猴腦」的滋味。

③ 大元山上，住著大群的台灣獼猴。
喬奇陪爸爸，帶著獵槍和捕獸夾來到大元山。
喬奇的爸爸說：
「先引誘小猴子，就能抓到母猴和大公猴。」

走入前景的同伴動物

不過動物圖文書也不總是只關注人的問題，而與真實動物完全無涉。就以「練習說再見」這個常見的主題來說，如果此類圖文書意在幫助孩童學習和親人或朋友說再見，那麼同伴動物當然也可能是「親人朋友」中的一員，也可能以其「真實動物」的身分成為主角。同樣由幾米所創作的《我的世界都是你》就是這樣的一則故事。幾米再次刻劃了一個小女孩試圖克服死亡傷痛的歷程，但和七年前的《走向春天的下午》不同之處在於，這次女孩難以忘懷的，是她的動物同伴，是媽媽以為送她一隻小布狗就能有安慰作用、但反令她因此更為思念的小黑狗。

布景換到了前景，配角成為主角，相當程度上這也反映了同伴動物在現今臺灣社會的重要性。當愈來愈多人視同伴動物如家人時，因牠們的離世而深受衝擊就不再是「貓狗小事」，而是需要被療癒的傷痛，能「同理」這種傷痛的動物圖文書自然應運而生，猶如溫柔地陪伴讀者，告訴他們，這樣的傷心，有人懂。

從這個觀點來看，當作家朱天心二〇〇五年出版的散文《獵人們》在二〇二一年交由漫畫家阮光民改編為漫畫時，出版社選擇〈貓爸爸〉與〈李家寶〉這兩個特別牽動人心、也都涉及送別的故事，就顯得頗切合當下的社會氛圍，因為對動物的牽掛不捨、以及人與同伴動物之間的羈絆，已成為許多人共有的經歷與心情。

讓同伴動物走入前景、同理並陪伴有類似心情的讀者，通常意味著創作者本身對此類主題的高度投入，而這樣的創作，或許也有著自癒的作用，例如林小杯以自身經歷為藍本的《再見的練習》。林小杯的愛犬比比曾經走失兩年，繪本就以大大小小的細節，銘刻這場分離的印記：颱風天躺在沙發上安慰自己不用冒雨遛狗、屋子裡飄散熱湯的香味但再怎麼深吸也已聞不到狗味，這些畫面所訴說的空虛，一如用不上的牽繩和狗牌所象徵的失落。

除了畫出狗走失之後自己的生活，林小杯也畫她想像中比比這兩年間的經歷，而這些以淺綠色調呈現的頁面，隨比比奇蹟般重回主人身邊而中止，回復到黑白分明的鉛筆線條[1]。儘管這次再相見之後，迎來的就是真正的別離，但「好好說過再見，心裡的洞就會小一點」，於是讀者看到，比比雖然離開了，黑白的頁面卻添上了色彩。擁有過珍貴的回憶，便能隨時召喚出熟悉的影像，那是愛過動物的人都看得見的色彩。

隨著同伴動物受到重視，臺灣社會至今仍難解的流浪動物問題，自然也有了在圖文書中曝光的機會。《再見的練習》其實已輕觸了流浪動物的處境：「洗毛精的味道都被吹走了。比比他們身上，可以辨認的是太陽、雨、灰塵、上一餐飯、上上一餐飯」，林小杯想像著自家愛犬走失時或許曾和其他類似際遇的浪犬廝混、或許曾有一餐沒一餐地經歷流浪的困頓，文字與畫面雖然並未直接著墨街貓浪犬的生存困境，但已有跡可循。

林小杯略微帶到的這個面向，在陳沛珛的《暫時先這樣》裡有了專章鋪陳的機會。這本集結「九篇巷尾街頭的片刻，九種臺北女生的日常」的圖文書除了充斥著家貓作為陪伴動物的身影，更把〈放飯時間〉該篇的主舞臺，給了街貓與餵貓人。她參考友人的經驗以及自己的見聞，相當具體地呈現出實施「街貓絕育後原放」（TNR）的臺北，對於站在街貓這邊的人而言，何以依然有許多要面對的難題：有些人一面亂丟廚餘引來流浪動物，一面謾罵餵貓人製造髒亂、鄰里間不時有人揚言要舉發她們的餵食行為，甚至威脅將進行毒殺，還有些人得知餵貓人的動線之後，會刻意把貓隻帶來附近丟棄，讓於心不忍的餵貓人負擔因之更重……

故事結束前，餵貓人完成夜間的放飯任務，回家。一打開門，除了可見狗兒迎接的身影，更多的是喵個不停的貓群。陳沛珛猶如以這一幕回應了餵貓人最常遭受的質疑：那些強調「有愛心就應該帶回家養」的人可曾看見，這些餵養人早已承受著過度收容的辛苦，把可以被馴養的街貓浪犬都帶回家了！

當然，這種對流浪動物的憐憫並非僅見於近期的圖文書，但可以期待的是，隨著動物保護意識的提升，臺灣社會對流浪動物態度的改變應當也會呈現在更多作品中。畢竟連相關作品重新出版時，也不忘反映當下的趨勢：賴馬的《我和我家附近的野狗們》在一九九七年初次出版的時候，臺灣的流浪狗之多，確實可能如書中所描繪的那樣，讓怕狗的孩童連上學都要繞道以避開附近的「野狗」，而既是寫在垃圾不落地政策尚未實施的年代，自然也少不了狗群翻垃圾桶覓食的畫面。但二〇一八年改版推出時，賴馬除了把書名的野狗更改為較不具貶意的流浪狗，也更多了些對流浪動物處境的同情，例如初版中捕犬車空白的車牌，如今補上了 99995 的數字，傳達流浪動物想呼救的心情；捕犬車的左上方還增加了一名抱著狗的女子，暗示著家犬與浪犬的懸殊命運。

而原本故事的結尾，怕狗的小男孩雖然一度想收養浪犬媽媽生下的兩隻小狗，牽著爸爸的手向牠們走去，但最後還是決定待在家中抱抱小布狗就好，新的版本卻讓這兩頁左右對調，像是在猶豫之後又選擇給小狗們機會。末頁中父子同坐在戶外的椅子上，父親抱著真狗，兒子抱著小布狗的畫面，也從原本的沒有對白，變成由父親鼓勵地問兒子：「你要不要抱抱看？」隨著「領養代替購買」成為許多人普遍能接受的動保觀念，新版的圖文書似乎也以更積極正面的故事結局，呼應了這樣的趨勢。

幽暗的牢籠

動物園是另一個常見於圖文書的主題，因此當人們對園中動物命運的關懷意識升高時，動物園的「形象」也可能發生變化，而不再是千篇一律的「快樂天堂」，或僅是功能與遊樂場類似的，圖文書的背景設定。而隨著動物園的呈現方式改變，動物也有了走到前景的機會。安哲的《阿河AHO》與李如青的《最後的戰象：大兵林旺三部曲》都是值得矚目的此類例證，儘管風格完全不同，但同樣有著對真實動物處境的關懷。

《阿河AHO》的創作目的非常明確，就是為了讓人不要輕易遺忘阿河的眼淚。河馬阿河二〇一四年底在載運途中因重摔落地而流淚，傷重不治，不幸的遭遇一時之間喚起不少同情，展演動物所涉及的各種福利問題也因而受到關注。視覺藝術家安哲在受訪時不只一次表示，自己很想為阿河做點什麼，為動物說說話，「如果每一個人願意付出多一點、關注多一點，也許這件事情在未來就不會再發生。」新聞總是會過去，除非事件被以某種方式留住，以觸動人們情感的圖文書記住這個悲劇，便是安哲找到的，能為阿河做的事。也因此，《阿河ＡＨＯ》的出發點可以說非常「動保」。

值得注意的是，儘管安哲確實在首頁就勾勒出當年新聞事件的樣貌——阿河正被貨車載往天馬牧場，這本由義大利波隆納插畫展得獎作品延伸而來的繪本，接續的畫面所呈現的卻是一個如夢境般的世界，其中阿河與牠的人類朋友，一名小男孩，在森林裡共同分享了許多時光，猶如有意以想像的場景為現實中喪命的阿河營造一個不那麼殘酷的世界，給予牠一種從未能享有的，幸福的可能。一直要到繪本的結尾，我們才會「重返現實」，看到牢籠一般的動物園、被狹小的籠子限制住的動物們，以及某個牢籠裡留下的，原本阿河頭戴的那頂紳士帽。安哲曾指出，紳士帽暗示著從小被圈養的阿河已經被擬人化了，而這頂帽子遺落在牢籠裡，象徵的正是阿河在現實世界的離去。

作為一本無字的繪本，《阿河ＡＨＯ》走的不是寫實批判路線——畢竟看似溫和的河馬在現實中是攻擊力和咬合力都相當強大的動物，與小男孩為友這種情節設定只可能存在虛構之中——但這並無礙它以情感的連結召喚讀者，藉以記住阿河。李如青

之後

謝素燕

剪斷：
開幕的綵帶之後
沒有綠色的孩子
就可以呼吸愛與夢
於是，青山都願意犧牲
山上：
成為動物沒有出口的家
山上被獵殺後
已不需要任何人指景
纍纍傷痕裏
河馬比一部被複製的滄桑
還要無奈
絢爛不是錯誤的孔雀
比傳教士的道德，還要紅顏薄命
比這座山還要古老
剪斷：
開幕的綵帶之後

2014 年發生阿河重摔身亡事件前，即有多起動物園動物受虐新聞，如民間投稿作品中，提及八〇年代高雄萬壽山動物園的河馬被打傷，孔雀被拔毛等事。

林旺爺爺個人檔案
婚姻狀況：老夫少妻無小孩
座右銘：大難不死必有後福

無言戰士
—林旺與我
◎李潼

一、在台北圓山動物園認識的兩個林旺
二、我要開始認真構想這個故事
三、能不能安排兩個林旺在[illegible]旅途脫逃
四、小林律師介入我們的訪談
五、他們為什麼能在緬甸戰場倖存
六、患難兄弟[illegible]
七、好像有這麼一個會說日本翻譯官
八、從天而降的現成媒人
九、結伴跑著無終點的馬拉松
十、走出[illegible]陰霾的無言戰士

600×100
≒60,000字

李潼

大象林旺的一生輾轉曲折，多次被記述改寫或取材作為故事小說題材。圖為兒童文學作家李潼 1999 年出版的青少年小說作品〈無言戰士 ── 林旺與我〉之手稿。

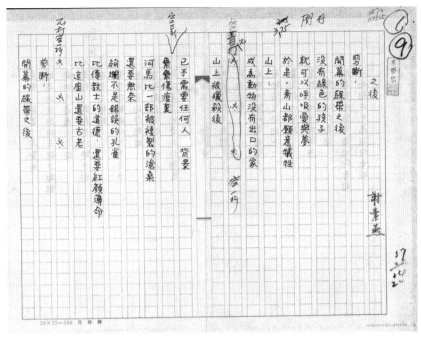

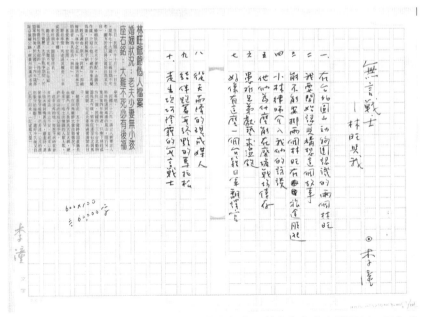

《最後的戰象：大兵林旺三部曲》自然也是希望讀者記住林旺，但採取的方式截然不同。他以嚴謹的考據，將動物園明星林旺的生命史還原，可說是打開了以圖文書為動物寫史的契機。

如同長期研究近代臺灣動物文化史的鄭麗榕在《文明的野獸》所指出，林旺以及牠的伴侶馬蘭，是「臺北動物園著意宣傳的動物明星，園方自一九八三年起，年年為公象林旺慶生，讓大象成為市民共有的寵物，在官長的主持下聚集喧譁的人潮，創造節慶活動式的動物園記憶」。而「為林旺爺爺慶生」確實成為許多人對林旺最深刻的記憶，甚至是唯一的記憶。李如青自然也捕捉了這個歡鬧的場景：慶生中的林旺被興奮揮手的人群圍繞著，眼前滿是豐盛的水果。然而，如此繽紛的彩頁在三部曲中只占了很少的篇幅。不同於主流敘事提起林旺時總喜歡凸顯溫馨的慶生活動，李如青更想呈現的，顯然是林旺作為一個生命主體，牠八十六年的歲月中曾經歷過什麼，甚至，「感受」過什麼。而這絕非是「林旺爺爺」這個身分就可以窮盡的。

於是他話說從頭，在第一部《再見吧叢林》中，呈現原名阿美的林旺如何從緬甸森林的工作象變為日軍的運輸象；在被孫立人滇緬遠征軍俘虜之後，又如何長途跋涉到廣州。不論是擔任運輸象時的艱辛，或是行走在滇緬公路上的重重危險，李如青都透過細膩的畫筆一一細數。

第二部《離家五千里》的故事，從抵達廣州之後如何輾轉來到臺灣說起，結束在阿美從軍中「退役」，被安排送往圓山動物園。其間同伴的折損、阿美的悲傷情緒，都是李如青刻畫的重點，即使述及牠終於要在動物園安頓下來時，仍以圖文表達了對於這種「安頓」的保留——除了細細描繪阿美因搬遷而不安的神情，李如青更用以下的文字為第二部作結：「走過千山萬水，飽經戰火遷徙的阿美，將遠離早已習慣的軍旅生活，而且擁有動物園中最優渥的禮遇，但是牠也將被關在粗重的鐵欄杆內。永遠失去自由。未來的日子，牠快樂嗎……？」

至於第三部《夢回森林》，不再如前兩部一般以黑白色調呈現，像意味著隨戰象阿美變成圓山動物園的明星林旺，生活也變成彩色的了？但或許那只是表象。因為不論是為了管束之必需而被鐵鍊拴住了一隻腳，或是搬遷到木柵動物園的過程中牠所感受到的恐慌與緊迫，都是李如青刻意以特寫方式捕捉的畫面，不願讀者忽視林旺曾經歷的這些磨難。

在第三部的尾聲，林旺離世，動物園展示場中林旺的剝製標本亦在李如青的畫筆下再現。針對林旺的標本，製作者林文龍曾明白表示，他所要表達的是林旺作為臺灣守護神的形象：「牠要被塑造成四平八穩、氣度昂揚又慈祥的長者，眼神寬容，穿透時空、寧靜地看著人。」對此，鄭麗榕指出，是把林旺的標本運用在對大眾的教化上，甚至有意讓標本成為歷史詮釋的代言者。但在李如青的作品裡，林旺的標本卻顯然不（只）是為代言而存在，因為他更關心的，是一個生命在成為標本之前的感受：「林旺在世的最後那幾天，牠會在想些什麼呢？會不會想念青草的味道，想念溼潤的叢林……想念好久好久以前的故事，想念好遠好遠的故鄉」，他為書中再現的林旺標本，搭配上這般感性的文字。

如此，在第一部裡，他特寫大象的眼淚，第二部中，見證大象的哀悼，第三部的最後，更提醒讀者，大象是記憶力極佳的動物。《最後的戰象：大兵林旺三部曲》顯然不只如其書盒文宣上所形容的，揭露了林旺如何象徵動盪年代下「被捲進歷史洪流中而身不由己的人們」，更不單為呈現牠作為明星動物林旺爺爺的一面。最重要的，是牠身為一頭象、一個會受苦、有情緒的感知主體的身分。

讓更多動物留在前景

人類從來就不是地球這舞臺上唯一的主角，只是長期以來，在人類中心主義作祟下，忘卻了自己也生活在這個和其他生命共存的環境「之中」，而非「之上」。以前述列舉的動物圖文書為鏡，我們窺見了臺灣社會似乎已逐漸認知到這個事實，動物們也開始有了置身前景的機會。未來，或可望見到更多的動物，留在前景，那麼透過動物圖文書開啟的生命教育與情感連結，或許也就能發揮更大的作用。最後，借用《生之奧義》（*Manières D'être Vivant*）的作者巴諦斯特・莫席左（Baptiste Morizot）對生物界的授粉者所做的一段描述作結：

> 授粉者扎扎實實製造了天真的我們所說的「春天」，我們講得好像那是宇宙或太陽贈送的禮物：不，春天是牠們嗡嗡鳴響、無形無跡、遍及全球的行動以及牠們古老得無法追溯的復歸，這個行動在每年冬天終了之際，將花朵、果實以及大地的饋贈，都召喚到這個世界。授粉者——蜜蜂、熊蜂（bourdon）、鳥類——並不是四季理所當然的靜止布景上置放著的傢俱：牠們在春天的生命特質裡製造

了春天。沒有牠們，三月左右日照增加時，我們也許會經歷雪融，然而雪融之處，將是一片荒漠。

莫席左以授粉者為例提出的觀察，自然也適用於其他生命形式，牠們都不是布景元素，而是這個世界的共同居住者，唯有正視與接受這個事實，我們才可能去思考如何協商出一同生活的形式，如此，也才不至於在未來的雪融之處，只見荒漠。

……

注釋

1. 這段對於狗不知去向之後的生活描繪，除了色調改變之外，林小杯在接受「阿貓阿狗逛大街」節目訪問時還表示，因為無從確認這段經歷，因此特別選用了可以透光的、與其他部分不同的紙質，來搭配這段有著想像建構、又真又假的情節。出自 EP142—【阿貓阿狗逛大街】林小杯《再見的練習》，讀到毛孩家長心有戚戚焉。盛情款待。2022/01/19。https://reurl.cc/19b5lE。（2022/03/11 檢索）。

參考書目

巴諦斯特・莫席左（Baptiste Morizot）著，林佑軒譯：《生之奧義》，臺北：衛城出版，二〇二一年。

查理・麥克斯（Charlie Mackesy）著，韓絜光譯：《男孩、鼴鼠、狐狸與馬》（臺北：天下雜誌，二〇二二年。

羅倫絲・艾凡諾（Laurence Afano）著，劉清彥譯：《你到哪裡去了？》，臺北：三之三出版，二〇〇八年。

秋元康著，城井文繪圖，陳瀅如譯：《象爸的背影》，臺北：親子天下，二〇一九年。

朱天心：《獵人們》，臺北：印刻文學，二〇〇五年。

安哲：《阿河AHO》，臺北：大塊文化，二〇二〇年。

李如青：《最後的戰象：大兵林旺三部曲》，臺北：步步出版，二〇二二年。

阮光民：《獵人們：貓爸爸、李家寶》，臺北：目宿媒體，二〇二一年。

林小杯：《再見的練習》，臺北：是路故事，二〇二一年。

陳沛珛：《暫時先這樣》，臺北：大辣出版，二〇一九年。

幾米：《走向春天的下午》，臺北：大塊文化，二〇〇九年。

幾米：《我的世界都是你》，臺北：大塊文化，二〇一六年。
鄭麗榕：《文明的野獸：從圓山動物園解讀近代臺灣動物文化史》，臺北：遠足文化，二〇二〇年。
賴馬：《我和我家附近的野狗們》，臺北：信誼基金出版社，一九九七年。
賴馬：《我和我家附近的流浪狗們》，臺北：信誼基金出版社，二〇一八年。

參考資料

林玉綾。醞釀三年！河馬阿河從插畫變繪本——安哲達成心願：一直想為牠說話。ET today 新聞雲。2019/03/31。取自 https://reurl.cc/02eb8k。（2022/3/11 檢索）
【阿貓阿狗逛大街】EP142－林小杯《再見的練習》，讀到毛孩家長心有戚戚焉。盛情款待。2022/01/19。取自 https://reurl.cc/19b5lE。（2022/03/11 檢索）
安哲。一窺安哲眼中的《阿河》：飽含真摯情懷與自由意志的無文字繪本。dpi 設計插畫誌。2020/12/11。取自 https://reurl.cc/2DOAAa。（2022/3/11 檢索）
鄭麗榕。為大象林旺與馬蘭寫歷史。歷史柑仔店。2018/08/24。取自 https://reurl.cc/

e6obbR。（2022/3/11 檢索）

延伸閱讀

Patrick George. *Animal Rescue*. Ramsgate, United Kingdom: Patrick George, 2015.

阮莊（Trang Nguyen）著，吉特・茲東（Jeet Zdung）繪，王念慈譯：《守護馬來熊的女孩：再見，索亞！以信念燃亮夢想的旅程》，臺北：菓子文化，二〇二一年。

谷口治郎著，高彩雯譯：《先養狗，然後……養了貓。》，臺北：大塊文化，二〇二一年。

深谷薰著，丁世佳譯：《夜巡貓一－六》，臺北：大塊文化，二〇一八～二〇二一年。

李如青：《拐杖狗》，臺北：聯經出版，二〇一四年。

阿尼默：〈家蚊〉，《小輓：阿尼默漫畫集》，臺北：大塊文化，二〇一九年。

馬尼尼為：《隱晦家庭三部曲：老人臉狗書店、我的蜘蛛人爸爸、貓面具》，臺北：啟明出版，二〇一九年。

郭漁著，良根繪：《屋頂狗傳說》，臺北：水滴文化，二〇一九年。

他山之石

動物語言翻譯器？談動物溝通

林怡伶

隨著飼養家庭寵物的人口逐漸增加，「寵物」類別的出版市場也發生了變化。除了傳統介紹寵物的行為與習性，教導飼主養育守則的書籍之外，近年更出現不少以「寵物心裡話」、「寵物想什麼？」、或是「寵物的祕密」為題的作品。它們幫助飼主透過親近的觀察，從動物行為讀懂其需求、了解牠們獨特的情緒與性格。但除此之外，有沒有可能「更進一步」進入牠們的內心世界呢？在寵物家人化、伴侶化的趨勢下所興起的「動物溝通」，就反映了許多飼主此種想要跨越人與動物界線的心理需求。

動物溝通的方式各有不同，但通常都是藉由照片、視訊等方式，不需要寵物本身在場，因此也有人將其稱為「動物傳心術」，亦即透過類似直覺的連線方式，與寵物的思想進行感應，再將溝通內容轉譯給飼主。不少飼主之所以尋求動物溝通此一管道，是為了改善家中動物的某些行為。因此，簡妤儒在〈懂牠的心聲：動物溝通中的毛小孩主體展現與關係實作〉一文中指出，動物溝通亦可被理解為溝通師介入調整人和動物關係的一項技藝。但它能否促動兩者關係的改變，仍取決於溝通師所展現出的動物主體，能否受「毛家長」和動物「互為主體」的相處經驗印證。

有趣的是，由於印證是一種很容易受到內心期待所暗示的心理狀態，因此看待動物溝通，往往是「信者恆信，不信者恆不信」的兩極態度。批評者多半認為，這只是溝通師或飼主一廂情願將自身的想法投射在動物身上，而未必是動物真正的需求或感受。但無可否認的是，就算是投射或想像，僅僅是動物會說話，或者與動物說話的可能性，就已為很多人帶來慰藉。

動物溝通的盛行，甚至讓臺灣文壇出現了首位「貓詩人」。《愛，是為你寫一首詩：貓咪谷柑的療癒詩》一書中，寵物溝通師春花媽將橘貓谷柑的詩意語言記錄下來，谷柑一躍成為貓界的「詩人」——詩的內容含括等待家人下班時的心境、與家中其他寵物相處的關係，也有跟谷柑媽媽在路上看見一輪明月，形容其溫潤光芒的詩句。有些人會質疑，這些詩句如何證明來自於一隻貓的創作？但動物溝通的重點或許從來於不在求證，而是信任。一如谷柑媽媽在序中所言：「面對所愛之貓，怎麼會質疑他所說的話呢?」這句話,或能代表所有進行動物溝通的飼主心聲。因為彼此深厚的信任,從谷柑的角度所理解的世界,或是想像谷柑角度的世界,旁人讀來也能感受到療癒的力量。

更進一步來說,也有愈來愈多飼主,並非將動物溝通視為另類的動物教養管道,而是將動物視為一個獨立的個體,認為動物有自己的心聲,嘗試更深入地「理解」動物家人的心聲,增進彼此的關係。從這個角度來看,動物溝通確實也具有將動物視為主體,承認牠們具有獨立性格與思想的積極意義。另一方面,某些與離世動物家人溝通的嘗試,就算只是飼主的自我安慰,將其視之為飼主在傷痛中的另類心理諮商,亦無不可。

無論如何,動物無法說我們的語言,但牠們毫無疑問也有自身的語言和想法。當我們願意按下想像的動物語言翻譯機,也就開啟了看見動物觀點與世界的視窗。

Chapter7

第七章

看不見的凝視：創·藝視角下的動物

大動物園番外篇：關於滿洲里的那頭大象

何曼莊

二〇一八年二月，紐約街上天寒地凍，人車依然川流不息，相熟的臺北經文處電影組專員請我幫忙，他說《大佛普拉斯》導演來參加林肯中心、MoMA 合辦的「新導演／新電影影展」，有一個影人聚餐，希望我能陪同導演出席，我並不認識黃信堯導演，我心想導演又不是小孩子，為什麼會需要人陪同呢？但有吃有喝，然後看一場免費電影，我當然不會拒絕。

餐會是中午，依照經驗，參展人前晚才落地紐約，累得半死又有時差，通常會把握白天時間補眠調時差，晚上的映後座談才有精神。我到達餐會的時候，果然現場一名導演也沒有，會上都是策展人、志工、贊助商的廣告代理人或者那些喜歡「跑影展」的電影系學生們。餐廳名字叫 Nizza，是南法城市尼斯的希臘語，位於 Art Deco

風格的地標大樓電影中心大樓一樓，裝潢風格充滿黃澄澄的秋季沙龍感，菜是義大利料理，反正贊助商的錢是已經花了的，侍者放心地往杯子裡倒香檳。如果這場景出現在黃信堯電影裡，那涼颼颼的旁白應該會這樣說：

「窮人的世界是黑白的，有錢人的世界才是彩色的。」

贊助商把彩色潑灑到貧窮的年輕電影系學生身上，他們對電影製作有著不切實際的想像，睜著無邪的雙眼，坐在軟綿綿的椅墊上。

當晚，在林肯中心暗紅色天鵝絨襯托下，以黑色喜劇風格呈現兩名赤貧臺灣人的黑白電影落幕了，觀眾隱約拉提著笑肌，意猶未盡地聆聽導演的映後對談。對談結束，導演回飯店繼續補眠，體力好的電影系學生繼續前往下一站 After Party，我把通行證交還給策展人，這時策展人問我：「你想看《大象席地而坐》的話，我這裡還有一張票，最後一張了。」

《大象席地而坐》是一部四小時長、沉悶荒涼的中國東北公路電影，當年影展的獨角獸，一開賣就完售。影評盛讚「胡波對氛圍、意象和節奏作出如此精細的控制，來描繪對生存意義的不安」，年輕後輩莫不驚嘆胡波天生秀異之才，那獨一無二的美學世界，為藝術粉身碎骨的決心。在紐約大學一年花六萬美元學拍電影的年輕人當然不可能明白，有些絕世武功是只有被逼上懸崖時才使得出來的，當然，前提是那個人身上原本就有絕世武功。

我沒有拿那張票。

那時我已經聽說胡波自殺的事情，也知道電影標題講的是一頭滿洲里的大象。

「你知道滿洲里嗎？滿洲里的動物園裡有一頭大象，牠他媽的就一直坐在那，可能有人老拿叉子扎牠，也可能牠就喜歡坐在那，然後所有人就跑過去，抱著欄杆看，但有人扔什麼吃的過去，牠也不理。」

・・・

其實滿洲里的事我也聽說過，在二〇一二年底，我剛搬到北京後不久。

我記得到達北京的那天晚上，在機場往市區的出租車上，我想打開窗戶，才發現開窗的把手被拆掉了，原來「十八大」再過幾天就開始了，這段期間，基於安全理由，北京市所有民間車輛都禁止開窗。

我很快就習慣了通風不良的車廂，此間一個有著中國夢的美國社交媒體公司給了我一份工作，我買了人生第一隻智慧型手機，是為了註冊微信——中國人口之多，從手機號碼硬是比別國都多一碼看得出來，微信很快就取代了手機通話。

我還拿到了微博的黃色V認證，一入牆內，臉書行銷不復存在，爬微博成了每天的正經事。那一年的網路世界真是驚天動地，暴漲的房產市場跟都市更新計劃，加速了各地的強拆潮，微博成立甫四年，註冊使用者破五億，許多隱藏在角落的聲音突然接上了揚聲器，不只反拆，反腐敗、反官僚的各種維權人士都在微博上號召行動，全中國上訪陳情人數破新高，國際媒體聚集烏崁村，西方媒體開始有人討論，web2.0下的中國是不是可能變得「比較民主」？

新手如我覺得不太對勁，這些是我可以看到的東西嗎？果然，反拆、釘子戶的消息一開始還能在微博上傳幾天，後來變成幾個小時、幾分鐘，最後就再也看不見了，隨著嘶聲力竭哭喊居住正義的熱搜消失，我注意到一種奇妙的變化，各地大小虐待動物的影片與貼文不斷登上熱搜，大批網友慷慨激昂地留言痛罵虐待動物之人，甚至號召動員當地網友就近前往救助，若是日救出一兩隻待宰動物，眾人便如釋重負，若遇上對方自認是合法屠宰業者，沒有任何違法行為，與營救者對罵叫囂時，則拍下對方醜惡面容網路示眾。

牆內的網路熱潮不會無緣無故出現，一件事情要在網上大熱，先決條件是要被「容許」，無論如此走向是巧合或是高手操作，那上萬人無處可去的悲憤，一時總算有了去處。

就是在這些保護動物的熱帖中，我看到了一篇不怎麼熱的小文章，講的是滿洲里一處動物園，因為財務問題，正面臨倒閉危機。「那可是全中國最北端的動物園！」網友呼籲大家快點入園支持。滿洲里位於中俄邊境，聽說那裡通商頻繁，人民見多識廣，天空很藍，襯托著許多俄式建築、套娃廣場上站著色彩明豔的童話堡壘，滿洲里還是蒙古族生活圈，四面的草原上有牛羊、深冬有冰雪與貂，不知道為什麼，我好像著了魔一樣，腦子裡對滿洲里充滿幻想，這時突然想起，我是動物園作家啊，瀕臨倒閉的滿洲里動物園，還有什麼比這更戲劇化的題材呢？

我就這樣從北京搭上火車，開始朝向大東北一站一站的走訪動物園，接下來的事情，正如《大動物園》裡面所記述的，發現市區動物園被草率強拆並不是我旅行的目的，但成為了我旅行的結果，要命的好奇心驅使著我繼續往前行，去問那些明知不該問出口的問題。

在我到達哈爾濱的前一天深夜，我在電視上看完了整部《千鈞．一髮》，是黑白

圖為林海音先生的蒐藏品象偶。我們怎麼知道這些中空紙捲做成的玩偶是象呢？左上圖及右上圖只展現了兩條腿、一隻眼睛、一邊耳朵，下圖更是連後半身都不見了，即使如此，僅僅是看到了頭部到象鼻的輪廓，我們就能腦補完成一整頭象，稱之象偶，可見象是多麼獨特的動物（或形象）。

片，有點長，看完後半夜三點整個街區突然停電了，在那片深沉的黑暗中我睡不著，也沒有別的事可做，好不容易等到了天亮，一到哈爾濱，我馬上就買了回北京的機票，沒有確切的理由，只是彷彿有小仙女在我耳邊細語：「別去滿洲里。」

那時我大概已經明白，其實旅途什麼的跟滿洲里一點關係也沒有，我什麼都知道，只是不想承認，我身邊的人，編輯、網管、房東、大學教授或者居民委員也都很清楚，只是他們都不說出口。

・・・

事後拼湊，我的臺灣作家身分以及過往的求學就職史，使我一入境就成為中國政府言論審查的重點對象。審查制度在我的生活中製造出一連串瑣碎的不便：偶然中斷的家用網路，永遠都會有雜音的語音通話，交稿之後又被抽掉的稿件，一輪又一輪被要求刪修的手稿，發不下來的稿費，這一切加總起來，成為無法言說的沉重壓力，即使說了，也只會換來一句：可是你寫了什麼不對的東西嗎？諸如此類反射式的提問，帶著中性無辜的表情。

什麼事情是「不對」的？並沒有一個網站、或一本手冊能夠告訴你。我開始考慮該怎麼樣才能寫出不被刪除的文章，不只是為了我自己，也為了不給團隊惹麻煩，當一個人開始問自己，我寫錯了什麼嗎？這就是自我審查的起點，再怎麼滴水不漏的審查機構，都比不上自我審查來得有效，這便是法律脈絡上的 Chilling Effect，中文翻作「寒蟬效應」。

《大動物園》賣出簡體版權時，我已經把自己從深水中「撈出來」，離開大陸，跑回紐約。老實說我很驚訝竟然還有中國的主流出版社會想出這本書，難道他們沒有讀過內容嗎？又或是一位理想尚未被澆熄的自由派主編想用磚頭砸自己的腳？我心裡對於出版的可行性非常存疑，但還是想看這本書能走多遠，於是我同意了。

《大動物園》簡體中文版，從二〇一四年十二月上海讀客出版社第一次報價，到二〇一六年八月之間，總共經歷了兩輪大幅刪修（大部分是刪除），每一次對方編輯都會條列所有刪修處，請我諒解，例如：

6.《北京动物园：中国最硬的铁板》，P236-237。删去「这是一次令人赞叹的公民思辨过程……连小学生也要投票。」整段。

臺灣的版權代理則跟我說，這間出版社很有誠意，很多出版社都不問過作者就直接刪修了呢。

中間還經歷了一段很漫長的空白期，毫無進展，編輯跟版權都說，沒辦法，因為蔡英文當選了總統啊。

二〇一六年六月，對方透過臺灣的代理編輯來信，這次，要把書名改成《去動物園陪長頸鹿曬太陽》。

我的回信如下：

謝謝你，我已經看過了附件，請幫我回給上海讀客，就交給他們處理吧，大家也挺辛苦的，刪節的部分我想並不影響書本質上的精神，唯一一點：書名，以文字本身來看，「去」字意思有點不好，不如「到」，還有長頸鹿雖好，我最最喜歡的動物是大象!!!所以可以這樣嗎？

書名改成《到动物园陪象晒太阳》。

以上還請代為轉達，希望經由他們的專業判斷，讓更多人看（買）這本書，也謝謝你代勞。祝好。

當時的我做出如此卑微的掙扎，我自己也很驚訝。

結果是不行，臺灣編輯信是這樣轉達給我的：

曼莊好，

對方很認真又來了一封信說明為什麼要用長頸鹿XD

請見附件說明，如果你同意他們更改的書名，也麻煩再回覆我了。

那封附件說明的內容如下：

何曼庄老师，您好：

关于书名，我们的考虑是这样的：

「去」要比「到」，更有行动指向性。「到」是人主动去，而「去」可以让那些很少去动物园的人前往动物园，起行动暗示作用。

在视觉上，长颈鹿鲜艳的纹理，能够设计出有趣又吸引人的封面，相比之下大象就稍微暗淡了些。另一方面，鲜艳的长颈鹿纹理在货架上陈列的时候，也会对销量更有帮助。

此外，在构想书名时，我们脑海里首先跳出来的动物，可惜不是大象，而是长颈鹿。

在音律上，「去动物园陪长颈鹿晒太阳」相比「到动物园陪象晒太阳」，对大陆读者口语习惯而言更通顺好读。

非常感谢何老师您提出的宝贵意见，但出于以上的考虑，我们仍倾向选择「去动物园陪长颈鹿晒太阳」作为书名。当然我们也非常喜爱大象，完全不亚于长颈鹿。

您在书中《罗马生态公园》一章里也写道：

「我坐在那里看着长颈鹿缓慢地进食，发一会儿呆，接近闭园时间四下无人，残暑的南欧天气依旧亮得令人炫目，这是我造访的第十四个动物园，我突然觉得，是该说再见的时刻了。」

希望您能够给予理解。再次感谢！

我在那一刻意識到，這裡只有一個事不關己的臺灣編輯，一個被審查流程磨到創意四溢的大陸文編，以及一個從來沒有機會行使作者權的作者。這本書早已不是我的書，漫長的刪修過程中，從未引用任何一條法規、沒有一位政府人員介入，一切都是出版社的自我審查，我只是被卡在審核流程中的一個名字，如果我在那裡大喊一聲，「且慢，國王沒有穿衣服」，甚至不會有人回頭，畢竟，就像微博上的流行語所說：你永遠無法叫醒一個裝睡的人。

那就這樣吧，謝謝你。

這八個字是我最後的回答，那是二〇一六年六月十四日，我關上電腦後，出去路上走了一個小時左右，眼淚一直流。

・・・

那之後過了好幾年，有天我在某小型講座遇到一個法國人，他說他辭了工作，全心投入籌辦一個 Festival of Censorship（言論審查生活節），他計畫設計三天份的沉浸式體驗，讓歐洲人也能意識到在言論審查制度下生活的可怕，另一個人問他的經營模式為何，換句話說，一張門票他打算賣多少錢。

錢不重要，他有點不太高興地回答，我做這些事情不是為了錢。

我可能當時翻了白眼吧。

那個人對言論審查的理解至少有兩處錯誤：第一、言論審查並不是一種「非西方國家」的特產，其實直到現在，歐洲各國政府或民間也有不少言論審查措施；第二、錢是非常重要的，審查制度落實的方式通常是經濟制裁，不需要槍砲或監禁，只需要一連串微小的不便，就能把人逼瘋了。有些人學會適應，將自我審查內化，隨著躲避審查的舞步越來越熟練，他可能會漸漸地忘記審查制度的存在，直到有一天，上面的人突然決定換了音樂，然後說你的舞跳得不對。

那本不屬於我的「我的書」，後來據說是付印了，新的書名配上童書般的封面，看起來像偷穿了別人的衣服，網路書店也短暫出現過訂購頁面，不過這本書從來沒有真正入庫，也沒有銷售產生，可能到現在還放在某處倉庫裡發霉。

那以後，有次我去上海待了幾天，跟當時負責刪修的年輕編輯見了面，他有點不甘心，覺得我們都已經把有問題的內容刪光了，怎麼還不讓出呢，下次一定要努力把書給「出好」。我看著他認真的表情，心想他的意思是不是下一次一定要刪得更努力呢？

當初提案買下版權的主編呢？我問。

那位很早以前就走了。他說。跟上面的處不來。

我想也是。我心想。

．．．

我到底是為了寫作才旅行，或是為了旅行才寫作，我已經分不清楚了。

胡波導演看這個世界是一片荒原，在多活了很多年的我眼中，這個世界一點都不荒涼，滿滿的都是人，人們出生、求學、長大、就業，成為制度的一部分。

我自問如果早知道這本書會成為中國審查制度在我身上留下的傷痕樣本，那時我還會往北京飛嗎？

也許會，也許不會，但那應該不是那麼重要。

因為滿洲里的那頭大象，被我看到也好，沒看到也好，牠都一直在那裡。

參考資料

Sarah Ward,〈REVIEWS 'An Elephant Sitting Still'〉, Screen Daily, United Kingdom, 2018.

何曼莊：《大動物園》，臺北：讀癮出版，二〇一四年。

胡波（導演）：《大象席地而坐》，北京：冬春影業（捐贈），二〇一八年。

高羣書（導演）：《千鈞．一髮》，上海：東方影視，二〇〇八年。

黃信堯（導演）：《大佛普拉斯》，臺北：華文創，二〇一七年。

延伸閱讀

歐逸文（Evan Osnos）：《野心時代：在新中國追求財富、真相和信仰》，臺北：八旗文化，二〇一五年。

方惠：〈知識的政治：搜索引擎中的烏坎事件研究〉，《傳播與社會學刊》，香港：香港中文大學出版社，二〇一八年。

閻連科：《沉默與喘息：我所經歷的中國和文學》，臺北：印刻文學，二〇一四年。

一個臺灣藝術家的海外視角：動物、影像與創意介入

羅晟文

二〇一四年七月一個晴朗的中午，我在巴黎火車站上了車；法國國鐵月臺廣播旋律在耳邊響起，列車隨後關門、啟動。我坐在一個靠窗的位置上，惶恐不已，好似雲霄飛車發動後無法反悔下車的感覺。許多問題出現在頭腦裡：對於動物，一個唸理工，幾乎沒有創作經驗的攝影愛好者能做什麼？照片真的有人要看嗎？會不會到時一切都只是白費功夫？買了自己負擔不起的車票，沒錢買食物怎麼辦？但一切為時已晚，沒有回頭路；三小時後，高鐵到達法國東北的米盧斯，「白熊計畫」的第一站。

白熊

《白熊計畫》的主體很簡單：世界各地動物園、水族館圈養北極熊的現況。它也是我的第一個計畫，希望能觀察動物展演機構較有爭議的一面。在這之前已經有許多反思動物圈養的攝影、紀錄片作品，但多半包含作者情感投射的成分，例如呈現動物看似「孤獨」、「哀傷」的狀態。田調時，我發現北極熊和動物園的人造環境往往看起來不太協調：園方無法真正複製極地環

《白熊計畫》，（2014-），展覽紀錄照，2016 連州國際攝影節。

境，又得滿足遊客的想像和期待時，常常使用白色油漆畫雪，或彩繪冰山，或是給予海豹形狀的玩具等等。我當時想，不僅無需情感投射，各地圈養的北極熊也許什麼都不用做，他們只要存在這些環境中看起來就難免滿尷尬。

法國米盧斯的拍攝結果並不理想，但其經驗讓我有機會修正、學習如何有效率地執行計畫，並在那個夏天初步造訪、拍攝了歐洲幾個案例。在幸運獲得許多朋友、國家地理雜誌與荷蘭文化部的協助下，往後幾年間我陸續記錄了歐洲、中國、日本三十八個展示北極熊的動物園、水族館、遊樂場。這些北極熊的處境，反映著園方資源、動物本能、遊客慾望、在地文化、輿論批判等各方力量的拉鋸。透過和園方工作人員、飼育員討論，我也更加認識了動物園的正面作用與可能性。我發現每個機構都不一樣，且往往在作為上有著巨大的差異；有的將資源投注於救傷庇護與遷地保育，而有的是財團經營的娛樂場館。

歐洲動物園和水族館協會（ＥＡＺＡ）告訴我，目前各機構並沒有北極熊的復育計畫，因為他們面對的主要問題是棲地喪失。作為旗艦物種，北極熊往往是各個動物園的明星，能夠吸引公眾關注；他們不僅是自身物種的大使，也是連結民眾與動物園保育、教育機能的重要橋樑。如此看來，北極熊的圈養存在著正面的可能性；然而，當前有實力與資源，已造出適合他們生活的機構仍是少之又少，許多最先進的動物園也還在轉型的過程中，還有很長的一段路要走。

鮪魚

隨著《白熊計畫》的製作與展覽，以及觀眾的回饋與討論，我逐漸了解我想做什麼樣的創作。在臺大聽黃宗慧老師的「文學、動物與社會」課程時，我發覺不含說教感的小說觸發了我許多沒走過的思路，且久久難忘；因此，我很希望我的創作也有這樣偷渡問題和想法的潛力。二〇一五年我到荷蘭的藝術學院唸了兩年書；藝術場域的觀眾也許不多，但觀眾身分的異質性有機會讓議題突破同溫層。無論是自身，或是透過作品，能有機會和想法不同的觀眾對話，對我來說十分珍貴。

許多觀眾看完《白熊計畫》後感到心情沉重，也促使我思考能否用較輕鬆、幽默的策略介入沉重的議題。二〇一七年時，荷蘭的微型藝術組織 Atlas Inititief 希望我在一艘退役的波蘭籍漁船上製作作品。我設計了一款關於過度捕撈的單人電玩《鮪魚》，安置於船體的魚倉中。遊戲目標很簡單：在限定的時間內盡力捕撈黃鰭鮪魚[1]（市售罐頭、壽司會採用的其中一種鮪魚），捕撈越多，越有機會進入高分榜。

過程中最有趣的事情莫過於觀察觀眾如何捕魚。大多數的觀眾看到水中有魚，就會很興奮地開始垂釣；不到一分鐘，海裡往往一條魚也不剩，且再也不會有魚，而玩家只會捕到少少幾條鮪魚。但遊戲的祕密是：若不把魚捕到剩太少，魚群擁有再生能力，而玩家要靠自己的醒悟去找到一個平衡，才有機會捕到最多的漁獲。但讓我最意外的是，觀眾面對被撈光的海時，直覺問出的兩個問題：「魚都到哪裡去了？」、「我還有哪裡可以去撈魚？」這兩個問題恰好也是現

《鮪魚》，（2017），電玩遊戲畫面。

實中漁獲枯竭時，漁民常問的問題；玩家要經過幾輪的思考後，才可能會意識到原來魚是被自己撈光的。這提醒了我：面對環境問題、變化、災難時，我們好像有一種先把自己排除在系統外、置身事外的直覺反應。

製作《鮪魚》的另一個心得是，它讓我思考了如何處理攝影鏡頭無法捕捉到的議題主體。《白熊計畫》很適合以攝錄影執行，因為人人都可以帶著相機去動物園，但動物與經濟、企業、社會間的許多關係，發生在攝錄影範疇之外，需要不同的策略介入。這也意味著，藝術可能在大眾媒體、科學研究外，產生獨特的介面、激發問題與知識。

羽絨

如果能造訪北極一趟，你會想要做些什麼呢？二〇一七年秋季，我獲得了在北極圈的斯瓦爾巴群島（Svalbard）駐村的機會，但出發前兩個月時，我實在想不出來我在北極要做什麼。啟程日將近，我只好開始準備禦寒衣物。駐村單位提供的著裝指南中，建議我可以準備足抵禦負二十度環境的羽絨外套。在 Google 上，我發現有些外套廠商標示了羽絨來源來自友善動物工序的認證標章，許多店家也指出活拔鵝毛的取毛方式幾乎已經不存在。但若用百度搜索，我卻發現了不少關於活拔鵝毛的教學，以及解釋活拔鵝毛優點的文章。儘管有認證標章，有些大廠的負責人也公開承認無法確定供應鏈中的鵝毛是否完全來自友善工序；作為消費者，我更沒法查證。那麼我想，我該假裝沒這回事去買一件羽絨外套嗎？還是去買一件合成纖維外套？

猶疑不決時，我發現家附近的公園有一群農場逃出的大白鵝，以及和牠們一起生活的加拿大雁。也許正值換毛期，草地上遍布了許多羽毛。我撿起一

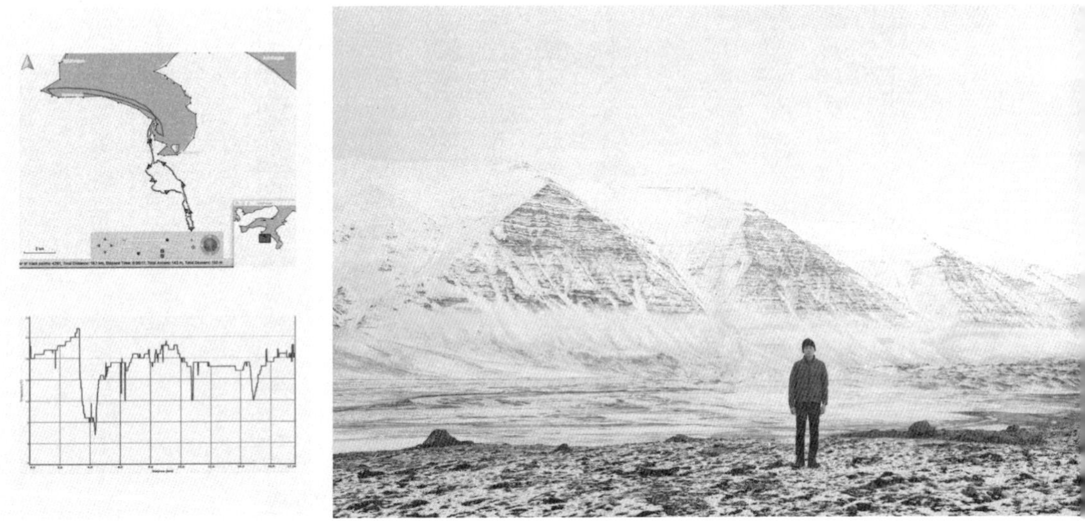

《羽絨》，（2017），GPS 與胸前溫度傳感器測資，於 Trollkjeldene 登陸探勘。
（羅晟文提供）

根毛片觀察，雖然不是量產外套裡的高品質鵝絨，但多少可以保暖。於是我萌生了自己撿拾鵝毛，土炮一件外套，穿到北極看看會不會冷死的想法。當時滿遲疑，因為距離出發不足兩個月，很有可能失敗，但不試一試怎麼知道？調查完當時居住的荷蘭布雷達市（Breda）所有可能有鵝群棲息的水邊後，我拿著塑膠袋，硬著頭皮開始一根一根地撿。

根據外套廠商的資訊[2]，禦寒效果良好的男性羽絨外套裡有二五〇克的羽絨，換算成毛片大約是一萬根。蒐集羽毛時，除了要隨時留意是否有鵝來襲擊外，也會有路人來問我在做什麼。每次外出蒐集，大約可以獲得四百根，相當於十克的毛片；雖然想多撿一些，但毛片數量和自身體力都有限。採集時，我總是驚訝於原來做一件外套需要那麼多鵝毛，而原本只需十分鐘就可以買到的外套，如果自己土炮需要耗費那麼大的精力。

最後，我蒐集到大約三千根毛片，跟預期的目標有很大的落差。我剪開一件薄外套，將毛片填充進去，並用針線和我粗糙的技術縫好外套，前往斯瓦爾巴群島。在北極熊的棲地上，一次次地登陸讓我欣賞了此生難忘的極地景觀，並不時聽到雷鳴般的冰川崩邊（chipping），雖然很冷，但布雷達市的鵝毛幫助我活了下來。

伸縮耳

完成《羽絨》後，我發覺日常生活中有些小事，例如購買衣物，常被我視為理所當然；但若硬是不把它視為理所當然，則會有意想不到的發現。另外有一些小事，則屬於「眼不見為淨」，雖然好像隱約怪怪的，但因為看不見、聽不到就好似不存在。「噪音」有時則屬於後者。噪音的定義常常因人而異，例如別人耳中的音樂對我來說也許很可怕；同理，人類耳中好聽、甚至根本聽不到的聲波，也許會讓其他物種難以忍受。

貓、狗、蝙蝠、昆蟲等生物可以聽到高於人耳極限，超過 20KHz 的「超聲波」。我們雖聽不到超聲波，但我們會製造超聲波：我們生活中會使用家電、工具、載具，但製造商頂多量測其運作時「人類可聽見」的噪音量。於是我很好奇——我是否經常不自覺地製造煩擾其他物種的超聲波？我是否生活在充滿超聲波、以人的觀點思考噪音的社會裡？二〇一九年時，我做了一個可穿戴式的超聲波轉換器，讓我可以聽得到貓耳可聞的頻域；我戴著這個轉換器一個月，日夜不間斷，看看自己會不會發瘋。

日常生活中許多活動變得非常吵雜：使用吸塵器、吹風機、騎腳踏車、炒菜、看牙、甚至打開水龍頭都會產生強弱、音色不一的超聲波噪音。在夜裡，我發覺我也開始做起詭異的夢，於是我也將它們記錄在一本夢記中。噪音引發的煩躁也使《伸縮耳》成為我最不喜歡的計畫；許多人建議我不要這麼做，也有許多朋友日日來關心我的狀態。但這些關心也許和我是人類有關；貓狗聽得到超聲波往往被忽視，或視為理所當然。對牠們來說，耳朵長在頭上，沒得選擇，更不能和我一樣在時間到後把聽覺裝置拿掉。我永遠無

《伸縮耳》，（2019），於荷蘭 ARTIS 動物園中使用超聲波轉換器。（羅晟文提供）

法知道貓聽到的世界究竟是怎樣的感覺，而《伸縮耳》也不是科學實驗，但這個月的直接經驗給了我一個想像的起點。

F/EEL

位於荷蘭的「北海大使館」是一個試圖以多重視角思考北海議題的非營利組織，希望北海能法人化，自己擁有自己，而非被人類擁有。二〇二〇年初，北海大使館委託我製作一件關於歐洲鰻（Anguilla anguilla）的作品。鰻魚對我來說既熟悉又陌生：在臺灣吃過鰻魚飯，但卻從未見過活鰻魚，更不知道阿姆斯特丹的運河裡有歐洲鰻棲息。但牠的神祕生活史令我很快地被吸引：歐洲鰻可以活八十歲，是可能即將絕滅的降河洄游產卵魚類（在海中產卵繁殖，在淡水中生長）。牠來自六千公里外，位於大西洋另一端的馬尾藻海；抵達歐陸後，歐洲鰻得面對人類製造的諸多挑戰，包含壩、堰、船閥、抽水站、水力發電廠等設施阻攔、水汙染，以及猖獗的濫捕與走私——鰻魚無法人工繁殖，只能去野外捕撈幼苗養殖，所以養殖場每條的鰻魚最初都來自野外。

我邀請設計師陳儀霏合作，製作了約三十公尺長的感知型密室逃脫《F/EEL》。觀眾需獨自進入空間中，在時限內依序通過渦輪、水壩、汙染區、漁網陷阱等關卡，才有機會抵達空間唯一的出口並逃離；這些關卡雖然實際上安全，但會讓觀眾感覺到危險。由於我們大多生活在設計給人類使用的城市系統中，《F/EEL》刻意形塑了一個不是設計給人類的空間，讓觀眾得以短暫接觸一個並非為人類著想、且處處格格不入的介面。

我們知道身為人類的觀眾會想以智取勝，因此透過多日試玩與實

《F/EEL》，（2020），感知型密室逃脫，紅外線監視器畫面。（羅晟文提供）

測，縝密地封鎖了所有聰明的破解途徑。共計有一二〇位民眾報名參與挑戰，每個人的個性、體能、策略與信心都不同。在挑戰《F/EEL》的過程中，我們發現觀眾的求生本能被啟動，並常經歷焦慮、無助、恐懼、絕望、崩潰等情緒反應，伴隨著尖叫、咒罵與隨機破壞空間內的東西。在中控臺，工作人員不會提供參與者任何線索，但會透過五部紅外線攝影機即時監控觀眾的安全狀態，並隨時準備救援。在最後逃脫或被救離空間時，人們大多驚魂未定，但幾乎都感到十分興奮、慶幸自己經歷了這個空間。

有個大約十歲的小孩，在空間內很害怕，不斷呼喊媽媽，希望聽到母親的聲音，為其安定情緒、加油打氣。我們很同情小孩，但也曾猶豫是否能允許母親回應。畢竟在現實中，鰻魚們經歷的不是遊戲，而是真實的每一天、每一刻，且更致命百倍；就算對於剛出生、沒有父母照料的幼鰻，人造環境也不曾予以任何寬貸。

・・・

身為人類，很難避免以人類為中心而思考，也很難改變科技、工業化帶來的生活模式，對我來說也是如此。二〇二一年新冠疫情在荷蘭蔓延時，許多民眾因為不願戴口罩、不願改變自己的生活習慣，而上街抗議，抵制政府防疫規範。這讓我一度為自己在做的事產生很大的疑慮：如果人類就算自己生命受到病毒威脅，也不願意稍微調整自己既有的生活方式，那麼透過文學、藝術的介入究竟有幾分機會？也許我們作為一個有限的物種，是不是有某種本能上的限制，讓我們終究無法通過文明的考驗、無法與他者共存、無法在時限內覺醒反思？即便如此，我還是希望能再試一試；雖然很有可能失敗，但不試一試怎麼知道？

二〇二二年三月二十一日於法國阿爾勒

注釋

1. 二〇一七年《鮪魚》製作時，國際自然保護聯盟（IUCN）瀕危物種紅色名錄將黃鰭鮪魚列為易危（VU），二〇二一年，紅色名錄重新評估後，將其列為無危（LC）物種。參見IUCN網頁：https://www.iucn.org/news/species/202109/tuna-species-recovering-despite-growing-pressures-marine-life-iucn-red-list

2. 作品名稱取自《哈利波特》。伸縮耳（Extendable Ears）是弗雷和喬治・衛斯理發明的物品。它看起來像一根長長的肉色細繩，使用時一端塞進人的耳朵，另一端則可塞入門縫下，這樣使用者就能清晰地聽到門另一側進行的談話，清晰得就像在身邊一樣。參見《哈利波特：鳳凰會的密令》第二十二章〈聖蒙果魔法疾病與傷害醫院〉。

參考書目

Sales, G. D., et al. 'Environmental ultrasound in laboratories and animal houses: a possible cause for concern in the welfare and use of laboratory animals.' *Laboratory Animals* 22.4 (1988): 369-375.

Accessed on 20 March 2022.

帕特里克・斯文森（Patrik Svensson）著，陳佳琳譯：《鰻漫回家路：世界上最神祕的魚，還有我與父親》，臺北：啟明出版，二〇二二年。

參考資料

Patagonia, "How Much Down Is in Our Jackets" https://www.patagonia.com/stories/from-the-tren-1/story-20227.html

Pike, C., Crook, V. & Gollock, M. 2020. Anguilla anguilla. "The IUCN Red List of Threatened Species 2020": e.T60344A152845178. https://dx.doi.org/10.2305/IUCN.UK.2020-2.RLTS.T60344A152845178.en.

延伸閱讀

Latour, B. (1993). *We Have Never Been Modern* (C. Porter, Trans.). Harvard University Press.

Haraway, D. (2016). *Staying with the Trouble: Making Kin in the Chthulucene*. essay, Duke University Press.

Nagel, Thomas. 'What is it like to be a bat.' *Readings in philosophy of psychology* 1 (1974): 159-168.

他山之石

在創作自由與動物倫理之間：藝術中的動物

林怡伶

二〇一三年九月，高雄港漂浮著一隻高達十八公尺的《黃色小鴨》（Rubber Duck），這是出自荷蘭藝術家弗洛倫泰因．霍夫曼（Florentijn Hofman）的作品，將平時泡澡用的橡膠小鴨尺寸變大，使得人必須改變觀看事物的角度，不得不去在意起這隻巨大到異常的「可愛小鴨」。有著圓滑線條及療癒色彩的小鴨占據著港口的姿態確實令人在意，每天吸引數以萬計的觀眾入場，也讓其他縣市爭相引進與效法，如花蓮鯉魚潭上也出現一批紅面番鴨軍團，除了尺寸巨大、數量也相對龐大，在觀眾尚未改變觀看事物的角度時，已被這些快速成形的藝術品弄得眼花撩亂，而非能夠真正了解小鴨與城市地景相融與否、或是藝術品展演想帶給大眾的啟發。

不論是黃色小鴨，抑或是法國藝術家保羅．格蘭金（Paulo Grangeon）的《1600 貓熊世界之旅》，以一千六百隻貓熊裝置藝術表示野生貓熊數量稀少，強調關懷、保育觀點的大型藝術展，當觀者第一眼被類卡通化的動物吸引而拍照、打卡時，雖獲得矚目，但大眾關注的焦點明顯落在其可愛的外貌與展覽的特殊性、商品化的周邊，我們必須反思最初的主題關懷是否因此被稀釋與淡化，這些以快閃形式被安置在城市角落的動物藝術，是否有成功傳達創作的意圖。

從卡通化到現實，藝術中的動物總有不同的面相。臺灣攝影師杜韻飛的《生殤相》記錄收容所內即將執行安樂死的流浪狗，由他親自將狗帶入安樂死的房間，為牠們拍照。在李奕萱〈還給流浪犬一張「臉」——訪《生殤相》攝影師杜韻飛〉一文中，杜韻飛表示自己並非動保人士，而如何會有此創作想法，他說：「我的作品只是在回應我的生命狀態。」藉由每一次的拍攝，生命的樣貌與生死的重量，滲透進創作者的思想，擴大其作品的面向，觀者注視著這些無名的生命，才發現牠們都有著一張清晰的臉——這些生活中我們感到陌生、擦肩而過覺得面目模糊的狗群，在等待未知的死亡來臨時，才有個體存在的證明。

近年以動物為展覽對象和主題越來越多，吳權倫的《馴國》以寵物的「品種」

出發，他時常被問起寵物狗是否混有牧羊犬血統，讓他意識到動物的品種系統常被冠上國名，形成獨特的血統，於是進一步思考品種的形塑與國族之間的關係。吳權倫在〈當收藏成為育種〉展區裡，展出在臺灣與歐洲所蒐集的狼犬陶器，各地對狼犬懷抱著不同想像，進而形塑出不同的模具造型——他發現臺灣多為乖順的坐姿、歐洲多為放鬆的趴姿，不論是為了商業考量，還是文化民情、美學的差異，狼犬陶器的形塑、犬種血統的養成，與國家對人民的「馴化」竟具有高度的相似性。展覽透過「馴化」的主題，讓觀者從展品陳列與犬隻的歷史、品種表中窺見，動物是如何經由人類的「馴化」，變成溫馴可親的樣貌。

如何在藝術家的詮釋之外，仍保有作品的魅力與開放性，是當代藝術的挑戰之一。《禽獸不如——二〇二〇臺灣美術雙年展》以佛學中的「畜生道」切入，並特地邀請四十九組藝術家，以具有輪迴性的哲學思想，探討「人與動物間的關係」。包含聲音藝術、行動藝術、多媒體呈現等方式，關注保育、環境、與動物生活空間，展開人與動物「共存共生」的對話。除了上述藝術表現方式，亦有使用活體動物，以及標本的展演，雖然並不是所有創作理念都與動物及環境保育相關，但思考動物倫理與藝術創作自由如何相容，仍是創作者的重要課題。

編後記

在文學，更能思考人以外的

蘇碩斌（國立臺灣文學館館長）

《成為人以外的》是國立臺灣文學館同名動物文學特展的圖錄，且是內容升級版的專書。圖錄，是博物館展覽用來記錄展示物件的圖像集；然而，文學館展覽既以文字為主角，當然不能滿足只有圖像紀錄。因此，關於動物文學的種種意在言外的曖昧、字裡行間的祕辛，就必須邀請更多文字來闡釋，也因此，展覽圖錄乃升級為特別的這一本。

作為展覽的《成為人以外的》，企畫起於二〇二一年，那是臺灣人與動物關係史的特殊年代——依據臺灣官方統計，這一年犬貓數量二九五萬，首度超越十五歲以下人口的二八三萬。數量的被超越，或許是一種預言的警示：創造宇宙繼起之生命的主詞，是否必然是人類？

我們都很想知道動物怎麼看待人類？愛戀或無奈？怨怒待反擊？遺憾的，動物並不使用人類語文表達意見。因此我們只能反過頭來，將人類寫作的動物文學用作微妙的觀察途徑。如果動物各種生死起落的情感在社會已不留痕跡，至少文學總是有記憶。

《成為人以外的》特展和專書，選材並不是一網打盡所有動物，而是挑出與臺灣人生存有密切互動的物種，議題的關注焦點，也不是特定運動或政策，而是整體的生態世界觀。借道動物文學的歷史，我們真的在臺灣看到從人文主義出發而反省人類存在的可能性。

二〇二一年八月，臺灣文學館先推出嘗鮮簡易版的《友直友諒友多毛——阿貓阿狗的文學史特展》，回顧兩大陪伴動物在文學史的意義流變。而更廣闊的展覽籌備則在更火熱進行。除了貓和狗，還有許多動物文學曾經深刻書寫，那些在原始山林奔跑的長鬃山羊跟野山豬、明清時期大量進口農村幫傭的水牛、戰後工廠徵召送上市場的雞豬生產線、消費炫富時代紅毛猩猩置身的馬戲團和寵物市場。

國立臺灣文學館成立已十九年。二〇〇三年開館之初，臺灣文學的位置還很灰暗，臺文館必須費盡心力、蒐羅搶救大批被迫遺忘的前輩史料。幸而至今成果已然豐碩，並在二〇二一年十月十七日升格為中央三級機構，面對更具挑戰的新階段，有責任做更多的社會溝通。

展覽是博物館最重要的社會溝通管道，文學的展覽，運用平凡生活世界的不凡文字作為展品，因此擁有更悠遠的策展美學。臺文館的策展，也向來擅長集體作戰，理念的研發、陳列的藏品、設計的風格，都由館內指派經理人調控執行。因此，每一檔展覽都是全館知識與創意的總動員，再央請館外學者專家一起激盪腦力。感謝朱惠足、吳宗憲、黃宗潔、鄭麗榕、楊佳嫻、簡妤儒幾位動物研究的人文學者協助，尤其是黃宗潔不計時間成本全程參與展覽、主編專書，深深顯露出文學研究人的社會行動力。

很榮幸繼《性別島讀》之後再與聯經出版公司合作，因為雙方都深信文學力將在臺灣蔓延，因此持續投注心力於愈益艱辛的出版環境。為此，謹向涂豐恩、陳逸華帶領團隊的知識投入與專業品管致上敬意。

這是貫穿人類和動物、跨越歷史與當代、思考生命與體制的政府出版物，期待您能感受到，自詡「最有字氣的博物館」的臺灣文學館，正在善盡文學最專長的敘事能量，為展場觀眾回到書桌、燈亮床頭的時刻，提供「意猶未盡」的文學滿足感。

作者簡介

余美玲

文化大學中國文學系博士，現任逢甲大學中文系教授兼系主任。曾參與「《全臺詩》蒐集、整理、編輯、出版計畫」。研究主題與專長以日治時期臺灣古典漢詩為主，亦擅長藉文本、文獻分析探究該時代書法、繪畫等文化活動與傳播，以及傳統文人的藝術養成與大眾思想。著／編有《日治時期臺灣遺民詩的多重視野》、《臺灣漢詩三百首》、《臺灣古典詩選注》（二至六冊）、《周定山全集》（四冊）等書。

楊翠

臺灣大學歷史學系博士，現任東華大學華文系教授。研究領域為原住民文化與文學、臺灣史、臺灣婦女史、臺灣女性文學與性別文化相關議題等。著有散文集

《最初的晚霞》、《永不放棄：楊逵的抵抗、勞動與寫作》、《年記1962：一個時代的誕生》，學術論文《日據時期臺灣婦女解放運動：以「臺灣民報」為分析場域（1920-1932）》、《少數說話：臺灣原住民女性文學的多重視域》等書。

馬翊航——

臺東卑南族人，池上成長，父親來自Kasavakan建和部落，臺灣大學臺灣文學研究所博士，曾任《幼獅文藝》主編。著有個人詩集《細軟》、散文集《山地話／珊蒂化》，合著有《終戰那一天：臺灣戰爭世代的故事》《百年降生：1900-2000臺灣文學故事》。

李欣倫——

中央大學中國文學系博士，現任中央大學中國文學系副教授。研究領域為女性文學、臺灣當代小說。出版《藥罐子》、《此身》、《以我為器》及《原來你甚麼都不想要》。《以我為器》獲二〇一八年國際書展非小說類大獎，亦入選《文訊》「二十一世紀上升星座：一九七〇年後臺灣作家品評選」中二十本散文集之一。

葉淳之

府城人，兒時活動領域是臺南市中西區和安平區，成長遍及臺灣頭尾和海外。政大新聞所畢業，曾任記者、電視製作人，並得過一些文學獎，著作有《島嶼軌跡》、《我們的島》、長篇小說《冥核》和《思慕微微：走尋裡臺南》等。

廖偉棠

香港詩人、作家、攝影家，曾獲香港青年文學獎、香港中文文學獎、臺灣中國時報文學獎、聯合報文學獎及香港文學雙年獎等，香港藝術發展獎二〇一二年年度藝術家（文學），現居臺灣。

曾出版詩集《八尺雪意》、《半簿鬼語》、《春盞》、《櫻桃與金剛》、《一切閃耀都不會熄滅》等十餘種，講演集《玫瑰是沒有理由的開放：走近現代詩的四十條小徑》，評論集「異托邦指南」系列，散文集《衣錦夜行》、《尋找倉央嘉措》、《有情枝》，小說集《十八條小巷的戰爭遊戲》等。

蕭義玲——

臺灣師範大學文學博士，現任中正大學中文系教授，研究領域為現代小說、現代散文、文藝美學與思潮。曾獲東海文藝獎小說首獎、梁實秋文學獎散文獎佳作、竹塹文學獎舞臺劇本創作、文學評論類佳作、聯合報徵文首獎等獎項；出版《七等生及其作品詮釋：藝術．家園．自我認同》。

范宜如——

臺灣宜蘭人，臺灣師範大學國文研究所博士。曾任臺北市立敦化國中教師、韓國啟明大學中文系客座教授，現為臺灣師範大學國文系專任教授。研究領域為明清文學、空間與文學、報導文學。著有《行旅．地誌．社會記憶：王士性紀遊書寫探論》；合著有《風雅淵源：文人生活的美學》、《文學@臺灣》、《傾聽語文：大學國文新教室》等書，編著有《另一種日常：生活美學讀本》（與凌性傑合編）。

林楷倫——

臺中人，想像朋友寫作會的真實魚販、作家，交大研究所肄業，二〇二〇年開始在臺灣文學界嶄露頭角。曾獲林榮三文學獎二〇二〇年短篇小說首獎、二〇二一年三獎，時報文學獎二〇二一年二獎、臺北文學獎和臺中文學獎等。二〇二一年出版首部著作《偽魚販指南》。

龔卓軍——

生於臺灣嘉義，臺灣大學哲學博士，現為臺南藝術大學藝術創作理論研究所副教授。主要研究領域為現象學與當代法國哲學，長期關注身體哲學、美學、民間藝術，以及當代藝術策展與評論的相關議題。著有《文化的總譜與變奏》（臺灣書店）、《身體部署》（心靈工坊），《交陪美學論：當代藝術面向近未來神祇》（大塊），譯有《空間詩學》（張老師文化）、《眼與心》（典藏）、《現在之外》（典藏）等書。

二〇一三年起展開展覽策畫工作，並於二〇一八年以「近未來的交陪」獲第十六屆台新藝術獎年度大獎。二〇二一年以主編《獵人帶路：曾文溪溯源影像誌》獲得第四十五屆金鼎獎非文學圖書獎。

瀟湘神

本名羅傳樵，作家、實境遊戲設計師，臺北地方異聞工作室成員，臺灣大學哲學所東方組碩士班，專長是儒學。性善論者。對人類學、民俗學、城市發展、腦科學等等有興趣。曾獲臺大文學獎、角川輕小說獎、金車奇幻小說獎、國藝會長篇小說創作補助等。著有《臺北城裡妖魔跋扈》、《帝國大學赤雨騷亂》、《金魅殺人魔術》、《殖民地之旅》、《魔神仔：被牽走的巨人》等長篇小說，並與多位作家合著時代小說《華麗島軼聞：鍵》、《說妖》、《筷：怪談競演奇物語》。其中以《臺北城裡妖魔跋扈》於二〇二〇年獲選為《文訊》雜誌「二十一世紀上升星座：一九七〇後臺灣作家作品評選（2000-2020）」。

林宛瑄

臺灣大學外文系博士，博士論文以德勒茲哲學中的塊莖概念為理論框架，跳脫習見的軍事隱喻，拆解一般討論疫情時常見的軍事隱喻，探討人與病毒之間的身動力交流。曾任元培醫事科技大學應用外語系副教授至退休，現為獨立學者，研究領域為德勒茲研究、生命哲學、通俗文化研究、偵探小說研究以及數位社會研究。自我認同為閱聽雜食性大型貓科動物，希望所有的動物都有一口好牙齒，能一直開開心心地享用喜愛食物的好滋味，吃飽飽睡飽飽開心玩耍。

黃宗慧——

臺灣大學外文系教授，研究專長包括精神分析、文學理論、動物研究。曾任*NTU Studies in Language and Literature*主編、《文史哲學報》英文編輯、《中外文學》總編輯。書評、文化觀察及動物保護議題之評論文字散見各報章雜誌。著有《以動物為鏡：12堂人與動物關係的生命思辨課》；與黃宗潔合著有《就算牠沒有臉：在人類世思考動物倫理與生命教育的十一道難題》；編有《臺灣動物小說選》、合編《放牠的手在你心上》等。

何曼莊——

臺北人，著有《大動物園》、《有時跳舞New York》等，現居美國紐約市。

羅晟文——

生於臺灣高雄，畢業自臺灣大學電機所、荷蘭聖尤斯特藝術學院（Akademie voor Kunst en Vormgeving St.Joost）攝影碩士。作品關注中非人生物與當代社會間的關係，常使用錄像、攝影、電玩、聲音與裝置等媒材，試圖誘發討論。完成學業後，現為 Lightbox 攝影圖書室創意總監，旅居荷蘭，駐村於北極圈與荷蘭皇家藝術村。二〇一九至二〇二二年先後駐村於北極圈、荷蘭皇家視覺藝術學院（Rijksakademie van beeldende kunsten），與法國阿爾勒。近作個展於荷蘭 FOAM 攝影美術館、臺北鳳甲美術館，並獲國藝會、荷蘭蒙德里安藝術基金會、荷蘭央行、伯恩哈德王子文化基金會資助。

邱鉦倫——

家中養十二隻貓、四隻狗的人。努力寫字讀書教學只為了幫他們買罐罐。希望這世界的動物能更被重視，生命更被理解。

呂樾

現為臺灣大學臺灣文學研究所博士生。長年關注自然導向文學與生態批評等相關研究，近年則多思考人類世、新物質轉向等理論實踐於臺灣自然導向文學研究的可能，並嘗試與表演藝術、數位藝術領域間進行跨領域合作。

陳文琳

東華大學華文文學系畢。花蓮時光書店店員，雙貓的墊員。喜歡書和逛書店。

林怡伶

東華大學中國語文學系研究所畢業，現職為教育部計畫專任助理。

展覽資訊

成為人以外的——臺灣動物文學特展

地　　點：國立臺灣文學館・一樓展覽室D
指導單位：文化部
主辦單位：國立臺灣文學館
借展單位：文化部國家漫畫博物館、高雄市立美術館、水晶搖滾客同學會、豐年社、
　　　　　朱約信、林良哲、呂志宏、明立國
特別感謝：公民記者大暴龍、PeoPo 公民新聞、柯裕棻
展覽統籌：蘇碩斌
策展顧問：黃宗潔
策展執行：羅聿倫

文字統籌：黃宗潔、林運鴻、羅聿倫、曾于容
展覽團隊：曾于容、許惠玟、王雅儀、趙慶華、簡弘毅、林宛臻、詹嘉倫
顧問團隊：朱惠足、吳宗憲、楊佳嫻、鄭麗榕、簡妤儒
展場設計：玩味創研股份有限公司
外語翻譯：Jeff Miller（米傑富）
文物保護：晉陽文化藝術

聯經文庫

成為人以外的：臺灣文學中的動物群像

2022年8月初版　　定價：新臺幣390元

策　　劃　國立臺灣文學館
監　　製　蘇　碩　斌
主　　編　黃　宗　潔
計劃執行　羅　聿　倫
　　　　　曾　于　容
叢書編輯　黃　榮　慶
校　　對　潘　貞　仁
內文排版　張　靜　怡
封面設計　之一設計工作室
　　　　　鄭　婷　之

作者群
余美玲、楊　翠、馬翊航、李欣倫、葉淳之、
廖偉棠、蕭義玲、范宜如、林楷倫、龔卓軍、
瀟湘神、林宛瑄、黃宗慧、何曼莊、羅晟文、
邱鈺倫、呂　樾、陳文琳、林怡伶

副總編輯　陳　逸　華
總 編 輯　涂　豐　恩
總 經 理　陳　芝　宇
社　　長　羅　國　俊
發 行 人　林　載　爵

出　版　者　聯經出版事業股份有限公司
地　　　址　新北市汐止區大同路一段369號1樓
叢書編輯電話　(02)86925588轉5307
台北聯經書房　台北市新生南路三段94號
電　　　話　(02)23620308
台中辦事處　(04)22312023
台中電子信箱　e-mail：linking2@ms42.hinet.net
郵政劃撥帳戶第0100559-3號
郵撥電話　(02)23620308
印　刷　者　文聯彩色製版印刷有限公司
總　經　銷　聯合發行股份有限公司
發　行　所　新北市新店區寶橋路235巷6弄6號2樓
電　　　話　(02)29178022

行政院新聞局出版事業登記證局版臺業字第0130號

本書如有缺頁，破損，倒裝請寄回台北聯經書房更換。　ISBN 978-957-08-6442-7（平裝）
聯經網址：www.linkingbooks.com.tw
電子信箱：linking@udngroup.com

國家圖書館出版品預行編目資料

成為人以外的：臺灣文學中的動物群像/國立臺灣文學館策劃．
蘇碩斌監製．黃宗潔主編．余美玲等著．初版．新北市．聯經．2022年8月．
328面．17×23公分（聯經文庫）
ISBN 978-957-08-6442-7（平裝）

1.CST：臺灣文學 2.CST：文學評論 3.CST：動物 4.CST：文集

863.207 111010930